심리학, 열일곱 살을 부탁해

나도 내 마음을 모르겠다는
대한민국 10대를 위한
성장의 심리학

심리학,
열일곱 살을 부탁해

이정현 지음

서三삼독

개정판을 펴내며

2010년에 《심리학, 열일곱을 부탁해》를 출간한 이후, 무려 15년이 흘렀다. 내가 처음 만났던 환자들도 어느덧 결혼을 하고 아이를 낳아 키우는 부모가 될 만큼의 긴 시간이다. 나 역시 처음 책을 냈을 당시에는 인터뷰나 강연 요청이 꽤 들어와서 몇 년간은 정신없이 지내기도 했지만, 수많은 신간이 쏟아지는 책 시장 속에서 차차 잊혀져 갔고 그게 맞다고 생각했다.

그럼에도 이 책을 다시 다듬어 세상에 내놓기로 결심한 것은 어딘가에서 책을 찾아 읽고 나를 찾아오는 환자들 때문이었다. 이제는 너무 오래되어 사람들의 기억 속에서 다 잊혀졌을 거라고 생각했는데, 도서관에서 우연히 발견했다거나 누군가의 추천으로 책을 읽게 되었다며 이야기를 꺼내 예상치 못한 순간에 나를 당황하게 했다. 출간한 지 10년쯤이 지나 책을 서점에서도 구하기 어렵게 되자, 책을 찾는 전화가 병원으로 걸려 오기도 했다. 그리고 모두 입을 모아 말했다.

"선생님, 책 내용이 정말 좋은데 왜 서점에서 구입할 수 없나요?"

처음 책을 쓸 때 대한민국 열일곱 살의 현실을 솔직하게 그리고 싶다는 목표를 가지고 있었다. 각종 뉴스, 연구 자료들은 물론이고 당시 인기가 많았던 영화나 드라마의 내용도 많이 참고했다. 그래서 독자들에게는 "우리 현실이 생생하게 담겨 있다", "정말 공감된다"라는 평을 들었지만, 시간이 많이 흐르고 나니 옛날 책처럼 느껴지게 된다는 단점이 눈에 들어왔다. 더구나 15년이니 그 사이 얼마나 시대가 많이 변하고, 열일곱 살의 모습도 얼마나 달라졌겠는가. 현재 청소년 심리에 관한 책이 더 많이 나오길 바라는 마음으로 책을 애써 되살리려 하지 않았다.

하지만 잊을 만하면 책의 재출간과 관련된 요청이 들어와서 감사한 마음만 간직하려던 내 다짐을 흔들곤 했다. 여기에 《심리학, 열일곱 살을 부탁해》만큼 청소년 심리에 대해 제대로 말해 주는 책이 없다"는 출판사의 끈질긴 설득이 더해져 결국 이렇게 개정판을 다시 세상에 내놓게 되었다.

너무 오래된 이야기라 구닥다리처럼 느껴지면 어쩌나 걱정하는 마음으로 다시 원고를 들여다 보니, 다행히 열일곱 살들의 고민과 내가 전하고자 했던 이야기의 핵심은 변하지 않았다는 생각이 들었다. 아이들의 구체적인 일상생활이나 살아가는 모습은 과거에 어땠는지 기억이 나지 않을 정도로 많이 달라졌지만 부모님과의 관계, 친구 관계, 공부, 꿈 등 각 주제의 기본적인 고민들은 여전히 비슷했다. 그래서 현재 대한민국 열일곱 살과 부모의 현실, 그에 따른 심리적 변화를 반영하는 방향으로 원고를 정리해 개정판을 다시 내놓는다.

누구나 아이들이 잘되기를 바라고, 누구나 아이들의 미래를 걱정한다. 세상도 그렇고, 선생님과 부모님은 말할 것도 없다. 하지만 아이들은 주위의 기대가 너무 크면 도리어 아무것도 하지 못하게 된다. 주위 사람들을 실망시킬까 봐 두려워 한 발자국도 앞으로 나아가지 못하는 것이다. 그런데 다른 사람도 아닌 부모가 아이를 위한다며 이래라저래라 간섭하고 잔소리를 늘어놓으면 아이들은 자신을 믿지 못하고 더 큰 혼란에 빠지게 된다.

지난 23년간 정신과 의사로서 10대 아이들을 만나 상담을 해오면서 무수한 시행착오를 거듭하며 깨달은 사실은 어쩌면 어른들은 아이들을 지나치게 걱정만 한 것은 아닌가 하는 것이었다. 나는 초보 의사 시절 아이들이 "선생님, 저 자퇴하려고요", "가출했는데 갈 데가 없어요", "학교 가기 싫어요"라는 말을 할

심리학, 열일곱 살을 부탁해

때 그저 잘못된 길을 가지 않도록 막아야 한다는 생각에만 사로잡히곤 했다. 지나치게 걱정하느라 아이들이 그 말 뒤에 숨겨 둔 진짜 속마음을 듣지 못했다. 나는 왜 아이들이 알아서 자기 길을 잘 찾아갈 것이라고 믿고 기다려 주지 못했던 걸까.

정원을 가꾸려면 잡초를 없애고, 꽃씨를 뿌리고, 물도 주고, 주변 정리도 해야 한다. 그러나 싹을 틔우는 일만큼은 온전히 꽃씨의 몫이다. 10대와 상담하는 일도 이와 비슷하다. 다른 것은 주변에서 다 해 줄 수 있지만 싹을 틔우는 것은 온전히 열일곱 살의 몫이다.

자퇴를 하고, 담배를 배우고, 수시로 가출하고, 술집에서 남자를 만나는 등 내 속을 까맣게 태웠던 정화. 그 아이는 갑자기 나를 찾아와 대학을 가야겠는데 어디서부터 어떻게 시작해야 할지 모르겠다며 도움을 청했다. 그 아이가 왜 그런 결심을 하게 되었는지는 지금도 잘 모른다. 하지만 그 아이가 "선생님, 제가 사고를 하도 많이 쳐서 괴로우셨을 텐데 한 번도 꾸짖지 않고 이야기를 들어 주셔서 감사해요. 앞으로도 제 편 해 주실 거죠?"라고 말했을 때 깜짝 놀라고 말았다. 내가 아이를 바로잡아 주지 못했다는 생각에 괴로워하는 동안 오히려 아이는 내가 믿고 기다려 주고 있다고 생각했다는 사실 때문이었다.

이 이야기를 들은 많은 사람들이 정화의 후일담을 궁금해하곤 했다. 대학을 간 정화가 단번에 모범적인 삶을 산 것은 아니다. 전공이 맞지 않아 방황하기도 했고, 나쁜 남자를 만나 어린 나이에 결혼을 하며 크게 고생하기도 했다. 수많은 시행착오를 겪긴 했지만 30대가 된 지금은 자신이 하고 싶은 일을 찾아 행복하게, 열정적으로 자신만의 삶을 꾸려 나가고 있다. 그렇게 방황하던 10대 시절, 다시는 얼굴을 보지 않을 것처럼 갈등했던 아버지의 사업을 도우며 가장 든든하고 자랑스러운 딸로 살고 있다.

내 능력을 의심할 만큼 깊은 마음의 병을 앓고 있는 아이들을 보며 괴로울 때마다 항상 정화를 떠올린다. 아이들을 마냥 걱정스러운 눈으로 바라보며 어떻게든 나서서 도와주려고만 하지 않는다. 아이들에게도 무엇이 옳고 그른지, 어떻게 하는 것이 좋을지 스스로 고민하고 판단하는 힘이 있다는 것을 믿기 때문이다. 대신 내일을 어떻게 열어 갈지 설레는 마음으로 지켜보고, 아이가 도움을 요청하면 그때 조심스레 내 의견을 말해 준다. 어른인 내가 무조건 맞다고 말하지 않는다. 내가 전혀 상상도 못할 내일을 열 텐데 그게 무엇일지 너무 궁금한 마음으로 지켜보기 위해 애쓴다.

이 책을 쓰는 내내 그동안 만난 많은 아이들이 내 머리를 스쳐 지나갔다. 생각해 보니 내가 그들에게 준 것보다 그들이 내게 가르쳐 준 게 더 많다. 그중에는 학교를 잘 다니게 되어 번듯한 어른이 된 아이도 있고, 여전히 방황 중인 아이도 있고, 마음의 병과 힘들게 싸우는 아이도 있다. 그들 모두에게 이 책을 바

심리학, 열일곱 살을 부탁해

친다. 마지막으로 이 말을 전하고 싶다.

"나는 그저 너의 내일이 기대될 뿐이야."

2024년 7월

이정현

1장. 열일곱 살로 살아간다는 것

2장. 공부하기 싫을 때, 공부하기 힘들 때

3장. 부모님은 내 마음을 몰라줘요

4장. 지금 내겐 친구가 필요해

5장. 심리학이 열일곱 살에게 말하다

열일곱 살로
살아간다는
것

대한민국에서 열일곱 살로
살아간다는 것의 의미

요즘 아이들은 뭐든지 미리 한다. 이제 선행 학습은 더 이상 유별난 일이 아니다. 초등학교 입학 전에 초등학교 과정을 미리 익히고 초등 고학년 때 중학교 과정을 익히는 정도라면 평범한 수준이다. 사교육의 중심이라는 강남에서는 선행 학습을 했나 안 했나의 문제가 아니라, "몇 번 돌렸느냐"의 문제라고들 한다. 특히 의대를 지망하는 경우는 열 살부터 준비하면 이미 늦었다 는 말까지 있다. 아주 어렸을 때부터 영어, 독서, 각종 예체능으로 학원을 다니는 아이들에게 학원은 선택이 아닌 필수다. 친구들을 만나기 위해서라도 학원에 다닐 수밖에 없다.

그렇게 미리 준비하려니 삶은 바쁘다. 학교 다니기도 벅찬데 학원에서 선행 학습까지 병행해야 하기 때문이다. 물론 미리 공부한다고 해서 공부를 더 잘하는 것은 아니다. 하지만 이미 대다수가 선행 학습을 하고 있고, 남들이 다 하는데 나만 안 하면 불안하니 따라가지 않을 수 없다.

불안함은 중3이 되면 더욱 커지기 시작한다. 특목고나 자율형 학교에 갈 것인지는 어느 정도 결론이 난 상태다. 일반계 고등학교에 진학하는 경우에도 치밀하게 전략을 짠다. 특목고에 지원할 성적이 안 된다는 걸 깨달았을 때 좌절을 한 번 경험한 바 있기 때문에 물러설 수 없다. 학습 분위기는 어떤지, 내신을 잘 받을 수 있는지, 통학하기 힘든 거리는 아닌지, 학교 근처 동네 분위기는 좋은지 등등 여러 요소들을 고려한다. 고등학교 입학을 하기도 전에 3년 뒤 대입을 위해 수시와 정시 중 어디에 더 비중을 둘 것인지 신중하게 따져 보고 학교를 결정한다. 고등학교 1학년, 어떤 미래가 펼쳐질지 설렘보다는 공포와 두려움을 안고 첫발을 내디딘다.

그런데 그들을 숨을 고를 사이도 없이, 불안을 달랠 틈도 없이 또다시 시험으로 내몰린다. "고등학교 첫 시험 성적이 얼마나 중요한지 알아? 거기서 다 판가름 나는 거야. 네가 어느 정도 수준이고, 어떤 대학에 갈 수 있을지 딱 나온다고. 선생님들도, 같은 반 친구들도 판단 끝이야." 이런 압박 속에서 아이들은 삭막한 교실과 학원, 독서실을 쳇바퀴 돌듯 오가다 새벽 1~2시에 귀가해도 얼른 잠을 청하지 못한다.

내신 등급으로 인해 경계선상에 있는 아이들, 이를테면 1등급이 4퍼센트까지라면 4퍼센트대 아이들, 3등급이 12퍼센트까지라면 12퍼센트대 아이들이 겪는 고통은 더하다. 문제 하나에 운명이 왔다 갔다 하니 피가 마른다.

이들에게 친구는 밟고 올라서야 할 적이 된 지 오래다. 겉으로는 "어제 너무 졸려서 10시에 잠들었어. 공부 하나도 못 했어"라고 하지만 그 말을 믿을 사람은 아무도 없다. 시험 기간 아이들은 친구들과 '잠 안 자기 배틀'을 벌인다고 한다. 자정이 지나면 30분 간격으로 서로에게 메시지를 보낸다. "자?"라는 질문에 "아니"라는 메시지가 오면 30분 후에 다시 메시지를 보낸다. 이때 답이 오지 않으면 잠이 든 것으로 간주하고 내기가 끝나는 것이다. 잠든 친구를 깨울 이유는 없다. 함께 공부하는 게 목적이 아니라 상대가 언제 자는지 확인하면서 내가 더 오래 버티려는 게 목적이기 때문이다. 이들은 오히려 반문한다.

"경쟁자인데 왜 깨워 줘요?"

그들에게 고등학교 1학년이란 모든 행복을 대학 입시 이후로 미룬 예비 고3일 뿐이다.

한 엄마는 우스갯소리로 말한다.

"신부님이 되려고 가톨릭대학에 들어가려면 거기 경쟁률이 얼마인 줄 아세요? 몇 등급이라야 거기 갈 수 있는지 아세요? 이게 현실이에요. 이젠 신부님이 되는 것도 쉽지 않은 시대예요."

아이들은 이토록 냉정하고 차가운 현실을 경험하며 세상이 그리 호락호락하지 않다는 사실을 배운다. 그러다 보니 아이들은 어떤 것이든 지극히 현실적으로 판단하고 모험을 하지 않으려 한다. 더 이상의 좌절은 없어야 하기 때문이다. 패배자가 되지 않기 위해서 밤새 공부하고, 먹고 살기에 유리한 진로를 탐색하며, 어른이 될 준비를 해야 할 시간에 "3년만 참자"라는 마음으로 공부에 매달린다. 이런 현실을 안타까워하는 박노자의 이야기는 읽을수록 입맛이 쓰다.

'개인'이라는 말조차 존재하지 않았던 시대에는 10대들에게 개성의 발달이 허용돼 있었지만 '개성 만세'를 부르는 21세기 벽두의 대한민국에서는 그 반대로 열일곱 살 청년이 '독립적 개인'이 되기는 대단히 어렵다. 그는 개인이기 전에 세계 최장인 평균 주당 50시간의 고된 학습 노동을 무조건 해내야 하는 '학습 기계'다. 그가 왜 친구들과의 성적 경쟁에 열과 성을 바쳐야 하는지에 대해서는 누구도 그에게 설명해 주지 않는다. 획일적인 내용을 남보다 철저하게 익히느라고 깨어 있는 시간의 대부분을 보내야 하고, 이 잔혹한 '암기 경시대회'에서 한 번만 지면 평생 낙오자가 되어 만인에게 짓밟힐 것이라는 공포에 사로잡힌 대한민국의 이팔청춘은, 과연 마르크스나 다산처럼 인생에 대한 고민 속에서 자율적 자아를 도야할 수 있는 심신의 여유가 있을까?

박노자는 왜 성적을 잘 받아야 하는지에 대해 "누구도 설명해 주지 않는다"고 말했지만 사실 대부분은 공부를 잘해야 하는 이유를 "그래야 남들보다 잘살 수 있으니까"라고 말한다. 그러나 그 '잘산다'는 것이 어떤 의미인지, 그게 내가 원한 모습인지에 열일곱 살 스스로 진지하게 고민해 보는 과정이 빠진 채로 오로지 성적을 강조하는 것이 문제다.

그러다 보니 아이들은 어느 순간 한계에 부딪힌다. 우리나라 아동 청소년의 7.1퍼센트는 전문가의 도움이 시급할 정도의 정신 장애를 겪고 있다는 통계는 아이들의 스트레스가 얼마나 심각한지를 여실히 보여 준다. 실제 현장에서 청소년 환자를 만나는 전문가들도 입을 모아 섭식 장애, 틱 장애, 불안 장애 등을 겪는 환자들이 눈에 띄게 늘어났다고 말한다. 물론 정신 건강에 대한 관심이 높아진 것도 영향이 있지만 그럼에도 병원에 방문하기를 꺼려 하는 문화가 여전하다는 것을 감안한다면 더 많은 아이들이 마음의 병을 앓고 있을 것이다.

어떤 어른들은 말한다. 옛날에는 돈이 없어서 배우고 싶어도 배우지 못했다고. 요즘 아이들은 부모가 공부시켜 주지, 대학 보내 주지, 공부만 열심히 하라고 집안일도 안 시키지, 멀쩡한 옷 놔두고 새 옷 사 주지, 해외여행도 데리고 다니지, 힘든 게 뭐가 있느냐고 말이다. 요즘 아이들은 복에 겨워서 나약하고 투정만 늘어놓는다고 나무라듯 말한다. 물론 시대가 바뀌고 물질적으로 풍요로워진 것은 분명하다. 하지만 아이들이 받는 스트레스가 많아진 것 또한 부정할 수 없는 현실이다.

2024년 OECD가 발표한 '국제 학업성취도 평가' 보고서에 따르면 우리나라 만 15세 청소년의 읽기, 수학, 과학 등 세 분야에 대한 학업성취도는 최상위 수준이다. 그러나 삶의 만족도는 6.52점으로, OECD 70개국의 평균인 7.04점에 비하면 낮은 편이다.

이와 대조적인 수치를 보이는 곳이 바로 핀란드다. 영역별로 차이는 있지만 핀란드의 학업성취도는 우리나라와 비슷한데, 삶의 만족도는 7.61점에 이른다. 주목할 만한 것은 대체로 핀란드 학생들은 시험과 평가에 대한 스트레스가 적다는 점이다. 다른 사람과 비교하지 않고 개인의 능력에 따라 점수를 받는 점수제 평가가 보편적이기 때문이다. 그래서 성적표에는 각 과목당 만점을 10점으로 놓고 아이가 7점인지, 9점인지만 기록하게 되어 있다. 아이들은 10점은 완벽에 가까운 점수이며, 받기 어렵지만 노력한다면 불가능한 일도 아니라는 생각을 가지고 있다.

즉 시험은 지난번보다 실력이 늘었는지 아니면 퇴보했는지를 측정하기 위한 도구일 뿐이다. 그래서 성적으로 서열이 매겨지는 우리로서는 상상도 못할 진풍경이 펼쳐지기도 한다. 시험 시간에 선생님이 돌아다니며 "이 부분은 좀 잘못된 것 같아. 다른 방향으로 생각해 보면 어떨까?"라고 힌트를 준다. 답안지를 고칠 기회를 주는 것이다. 그러면 아이는 끙끙대며 문제를 다시 푼다. 이렇게 선생님이 힌트를 주면 다른 아이가 불만을 제기할 법도 한데 그러는 아이가 없다. 왜냐하면 자신도 너무 안 풀릴 때 선생님에게 도움을 요청하면 그만이기 때문이다.

다른 아이들과 경쟁하지 않고 스스로 즐겁게 공부하는 아이들, 10점 만점을 받지는 못했지만 괜찮다고 말하는 아이들, 다음 시험에서는 지금보다 더 나아지고 싶다고 말하는 아이들. 이런 모습이야말로 우리가 바라는 교육 아닐까? 그렇지만 우리에게는 도저히 실감 나지 않는, 먼 나라의 이야기일 뿐이다. 인정받기 위해서는 공부밖에 답이 없으며, 성적을 올리기 위해서라면 친구도 필요 없고, 숨 돌릴 틈도 없이 바쁜 일상을 보내는 아이들. 이것이 바로 대한민국에서 열일곱 살이 처한 현주소다.

왜 나는 잘하는 게
하나도 없을까?

"그냥 죽고 싶다는 생각을 했어요."

"왜?"

"별로 살고 싶은 생각이 없으니까요."

그 아이와의 대화는 늘 그런 식이었다. 누구라도 들으면 경악할 만한 말을 툭 뱉어 놓고서는 아무렇지 않다는 표정을 짓는 아이. 오히려 그런 말에 놀라는 내가 유치하고 한심해 보인다는 표정을 짓는 아이. 그 아이는 자신의 인생에 대해 얘기할 때조차 남의 이야기하듯 했다.

"우리 엄마 아빠는 둘 다 일류 대학 출신이시죠. 아빠는 잘나가는 변호사고요. 우리 부모님이 잘하는 말이 그거였어요. '뭐든 말만 하렴, 너 하고 싶다는 거 다 들어줄 테니까.' 뭐, 초등학교 때까지는 그 말이 좋았던 것 같아요. 용돈도 넉넉하고, 책이랑 영화도 실컷 보고, 비싼 휴대전화도 말만 하면 가질 수 있었으니까요. 그런데 그게 다 제가 공부를 잘해서 가능했던 거였어요. 중학교 때 이후로 달라졌죠. 그때부터 성적이 떨어졌거든요. 보시다시피 제가 그다지 예쁘게 생긴 것도 아니고 키도 작고 음악이나 미술에도 별 재주가 없어요. 잘하는 게 하나도 없는 거죠. 부모님은 교양을 따지시는 분들이라 겉으로는 내색을 안 하셨지만 제 눈엔 다 보였어요. 딸이 너무 부끄러운데 차마 앞에서는 뭐라고 말 못하는 그 마음 말이에요. 부모님도 불쌍하죠. 저 같은 딸을 만나서. 오빠도 저를 부끄러워해요. 같이 안 다니려고 하죠. 오빠는 공부를 잘하거든요. 저만 없어지면 우리집에 아무 문제가 없을 텐데."

아이답지 않게 차갑다는 말까지 듣는다는 그 아이는 알고 보니 상처투성이였다. 주위에 '엄친아'와 '엄친딸'들은 왜 그렇게 많은지 엄마는 말끝마다 은근슬쩍 그들과 비교하며 아이를 숨 막히게 했고, 명절이면 친척들이 아이를 걱정하는듯 얘기했지만 사촌들과 비교하며 기죽게 만들었다. 그런데 아이는 친척들보다 그 옆에서 가만히 듣고 있는 엄마 아빠가 더 미웠다고 한다.

"괜한 위로 하려고 하지 마세요. 그게 더 싫거든요."

나는 한참 동안 그 아이에게 다가갈 방법을 찾지 못했다. 무슨 말을 어떻게 꺼내야 좋을지 모르겠어서 내가 택한 것은 그 아이가 하고 싶은 말을 다할 때까지 그냥 들어 주는 것이었다. 얼마나 지났을까. 그 아이가 문득 나에게 말했다.

"선생님도 제가 싫으세요?"

나는 극심한 비교 스트레스 때문에 냉소적으로 변한 아이에게 뭐라고 말해 주어야 하는 걸까? 괜히 쿨한 척하지 말라고, 그래 봐야 너한테 아무런 도움이 안 된다고? 어른들은 응당 비교를 하게 마련이니, 그런가 보다 흘려 버리고 네가 스트레스 안 받으면 그만이라고? 그렇게 말해 주면 과연 그 아이가 비교 스트레스에서 벗어날 수 있을까?

세상에 비교 스트레스로부터 자유로운 사람은 없다. 누구는 좀 더 많이 하고 누구는 좀 더 적게 한다 뿐이지 비교를 안 하는 사람이 없기 때문이다. 심지어 남들은 가만히 있는데 내가 먼저 비교를 할 때도 있다.

언젠가 나에게 상담을 받은 아이 중에 죽어라 공부하는 아이가 있었다. 완벽 콤플렉스가 심해 한 과목이라도 100점을 받지 못하면 어떡하나 공포에 떠는 아이였다. 나는 그 아이가 버텨 낼 수 있을까 걱정스러웠지만 결과적으로 자신이 원하는 명문 내에 들어갔다. 하지만 문제는 그다음에 벌어졌다. 대학교에 들어가 보니 대부분 비슷한 성적으로 들어온 아이들이라 그 안에서 돋보이기란 여간 어려운 일이 아니었던 것이다. 전공 공부를

심리학, 열일곱 살을 부탁해

따라가는 것도 벅찬데 주위에 똑똑하고 얼굴까지 예쁜 애도 너무 많고, 영어 회화 실력이 원어민 수준에 가까운 아이, 왕성하게 동아리 활동을 하며 인맥을 자랑하는 아이, 벌써 20개국 넘게 여행했다는 아이, 외국에서 살다 왔다는 아이 등등 소위 잘난 아이들이 너무나 많았다. 입시 공부만 잘하면 만사 'OK'였던 고등학교와는 차원이 달랐다. 그 아이에게는 이 사실이 꽤나 충격적이었던 모양이다.

"선생님, 잘해야 할 것들이 한두 가지가 아니에요. 어떡하죠? 뭐든 저보다 잘하는 친구들이 너무 많아요."

이 아이가 그 많은 분야에서 또다시 100점을 받을 수 있을까? 현실적으로 불가능하다. 자신이 잘한다고 생각한 순간, 더 잘하는 사람이 분명 또 나타날 것이기 때문이다. 남들이 알아주는 대기업에 들어가도 그 아이보다 더 성공한 사람이 있을 테고, 3천만 원짜리 자동차를 사면 7천만 원짜리 자동차를 굴리는 사람이 부러울 테고, 30평대 아파트를 사면 50평대 아파트에 살고 싶어질 것이다. 즉 인간의 삶 자체가 끊임없는 비교의 연속이다.

그러므로 공부를 못해서 자신을 비하하며 죽고 싶다는 아이나, 공부를 잘해서 명문대에 들어간 아이나 비교에 시달리는 건 마찬가지다. 남들이 비교 스트레스를 주든, 내가 스스로 스트레스를 받든 그 덫에 빠지면 어떤 상황에서도 만족할 수가 없다. 그러면 행복감을 맛볼 기회도 그만큼 줄어든다.

또한 비교는 무엇이든 해 보려는 도전 의식도 빼앗아 간다. 지금은 고인이 되었지만 소아마비라는 장애를 딛고 서강대 영문과 교수가 된 장영희는 이렇게 말한다.

"내가 살아 보니 남들의 가치 기준에 따라 내 목표를 세우는 것이 얼마나 어리석고, 나를 남과 비교하는 것이 얼마나 시간 낭비고, 그렇게 함으로써 내 가치를 깎아내리는 것이 얼마나 바보 같은 짓인 줄 알겠다. 그렇게 하는 것은 결국 중요하지 않은 것을 위해 진짜 중요한 것을 희생하고, 내 인생을 잘게 조각내어 조금씩 도랑에 집어넣는 일이다."

그렇다면 어떻게 해야 비교의 덫에서 벗어나 내 인생을 더 이상 낭비하지 않을 수 있을까?

앞서 나에게 죽고 싶다고 말한 아이를 예로 들어 보자. 부모님과 주위 사람들의 비교는 앞으로도 멈추지 않을 것이다. 그렇다면 그 아이의 인생은 비교하는 주위 사람들을 원망하며 제자리에 멈춰 있을 수밖에 없다. 어쨌든 지금 주위 사람들을 핑계로 더 나아지기 위한 노력을 하나도 안 하고 있는 것은 틀림없는 사실이기 때문이다. 남들은 가만히 있는데 스스로 비교의 덫에 빠진 대학생도 한숨을 늘어놓을 뿐 아무것도 안 하고 있는 것은 마찬가지다.

그렇다고 그들에게 무작정 남과 비교하지 말라고 해 봐야 아무 소용없다. 무의식 중에도 비교를 하게 되는데 어떻게 비교를 당장 멈추겠는가.

비교 스트레스에서 벗어나는 가장 효과적인 방법은 비교의 대상을 바꾸는 데 있다. 비교의 대상을 '남'이 아닌 '과거의 나' 혹은 '미래의 나'로 바꿔 보는 것이다. 어제의 나와 비교할 때 오늘의 나는 얼마나 향상되었는지, 내가 꿈꾸는 미래에 오늘의 나는 얼마나 근접해 가고 있는지……. 이렇게 하면 어제보다 나아진 나를 자랑스러워 하게 되고, 그 힘으로 최선을 다해 오늘을 살게 된다.

우리 모두 남과 비교하는 습관에 오랫동안 길들여져 있기 때문에 한 번에 바꾸지는 못할 것이다. 그러나 '나는 왜 잘하는 게 하나도 없을까?'라고 생각하며 스스로를 비하하지는 말자. 그 말에는 '남들은 잘하는데……'라는 무시무시한 비교의 덫이 도사리고 있다. 남들과 비교하며 오늘을 낭비하지 마라. 대신 "어제의 나보다 오늘의 나는 나아졌는가?"라고 물으며 살자. 그렇게 내가 잘할 수 있는 것들을 찾아가는 오늘이 하루 이틀 쌓이기 시작하면 그때 비로소 비교 스트레스로부터 벗어나 행복해질 수 있을 것이다.

하고 싶은 일만 하면서
살면 안 되나요?

"그냥 머리가 아파서 학교에 가기 싫었어요."

첫 진료에 수진이가 한 말은 이 한 마디뿐이었다. 수진이는 겉으로 보기에는 문제없어 보이는 평범한 열일곱 살이었다. 비록 학원에, 과외에 친구들과 놀 시간이 부족하고 성적에 대한 스트레스는 받고 있긴 했지만 그 정도는 열일곱 살이라면 누구나 경험하는 수준이었다.

그런데 어느 날부터 머리가 너무 아프다며 등교를 거부하거나 자꾸만 조퇴를 하고, 집에서 잠만 자기 시작했다. 대수롭시 않게 생각했던 수진이 엄마가 위험하다는 것을 감지하기 시작한 것은 제대로 등교하는 날이 한 달에 며칠 되지 않는다는 것을 깨달은 뒤였다.

　수진이는 엄마 손에 이끌려 내 앞에 왔지만 쉽게 입을 열지 않았다. 그저 자기는 머리가 좀 아프고 학교에 가기 싫었던 것뿐이라고만 했다.

　사실 수진이는 '요즘 열일곱 살'의 표본 같은 아이다. 자유롭고 민주적인 분위기에서 자랐고, 부모님과의 관계도 좋다. 예전의 부모들은 가부장적인 문화 속에서 권위적이고 돈을 벌어오는 것으로 책임을 다하는 아버지, 아이들 공부와 생활을 챙기는 다정한 어머니의 모습을 띠고 있었지만 요즘은 그렇지 않다. 대체로 1970년대생인 열일곱 살의 부모들은 아빠라고 해서 엄하거나 엄마에게 아이들 교육을 맡겨 두고 아이들 학교생활에는 관심이 없는 그런 모습을 보이지 않는다. 오히려 교육에 매우 적극적이라 선생님 면담에도 서슴없이 찾아와서 아이에 대해 상의한다. 수진이는 엄마는 물론 아빠와도 사이가 좋아서, 수진이가 좋아하는 아이돌 콘서트에도 데려다줄 정도다. 수진이 엄마 아빠는 대화를 통해 아이의 의견을 먼저 들은 뒤 문제를 해결하고 상처 주지 않는 부모가 되려고 애쓴다.

　그뿐인가. 수진이가 하고 싶다고 말만 하면 웬만한 것은 다 할 수 있다. 엄청난 부자는 아니지만 가지고 싶은 옷이나 물건은 대부분 가질 수 있고, 종종 해외여행을 떠나기도 했다.

　즉 지금의 열일곱 살 아이들은 사랑과 관심, 경제적인 지원

어느 것 하나 부족한 것 없이 "넌 사랑받을 만한 사람이야", "네가 제일 귀하다"라는 응원 속에서 자라왔다. 예전에 부모들은 아이가 학교에서 혼이 났다거나 친구와 싸웠다고 하면 "네가 뭘 잘못했겠지"라고 말했는데, 지금은 "누가 감히 너한테 그렇게 말을 했는데?" 하면서 먼저 편을 들어 준다. 아무도 절대 학교에 빠지면 안 된다고 말하지 않기 때문에 좀 아프고 힘들면 며칠 빠져도 괜찮다. "힘들어도 참고 끝까지 해 봐"라는 말보다는 "네가 하기 싫으면 하지 않아도 돼"라는 말을 더 많이 들으면서 자랐다. 살면서 어려운 것도, 어려운 사람도 없다.

그런데 아이러니하게도 열일곱 살은 매사에 자신이 없고 작은 위기에도 크게 휘청인다. 처음부터 회피하려고 한 것은 아니었지만 끝까지 부딪혔던 경험이 부족해서 책임지지 않고 도망치는 데 익숙하다. 아무리 노력해도 성적이 오르지 않을 때, 단짝 친구와 크게 싸운 뒤 화해하지 못하고 관계가 끝나 버릴 것 같을 때, 헤어진 남자 친구가 다른 여자 친구를 사귀기 시작했을 때 등등 어려운 상황에 부딪혔을 때 부정적인 감정에 쉽게 휩쓸리고 어쩔 줄 몰라 한다. 심한 아이들은 자기 감정이 어떤지조차 분명하게 알아차리지 못한다. 예를 들어 분명 친구의 말 한마디에 기분이 나쁜 것 같은데 그게 왜 기분이 나쁜지, 내가 기분이 나쁜 게 맞는지 잘 몰라서 헷갈려 한다.

수진이를 힘들 게 했던 건 바로 "나는 제대로 끝까지 한 게 없다"라는 생각에서 비롯된 우울증이었다. 성적이 오르지 않아 고민하다 관심이 있던 예체능 쪽으로 진로를 틀었는데, 1년 정도 학원을 다녀 보니 그 역시도 쉽지 않았다. 뒤늦게 시작한 만큼 기초 실력을 쌓기 위해 지루한 연습을 반복해야 했는데 그게 너무 괴로웠던 것이다. "난 바로 수채화를 그렸으면 좋겠는데 지루한 소묘 연습하기 정말 싫어!"라며 학원에 갈 때마다 투덜대다가 결국 다 그만둔 상황이었다. 부모님도 "네가 원하는 게 아닌 것 같아? 그러면 그만둬"라며 딱히 말리지 않아서 고민도 길지 않았다. 어느 것 하나 쉬운 것은 없는데, 성과는커녕 진로에 대한 불안만 커져 가다 보니 아무것도 하기 싫어졌다.

과거에는 아이들에게 과한 노력과 열정을 강요했다. 열악한 상황 속에 있어도 노력만 하면 다 극복할 수 있다고 말했다. 자퇴 같은 것은 소위 '문제아'들만 하는 거라고 치부하는 분위기 속에서 개근은 당연했고, 힘들어도 참고 공부해야 한다고 강조했다.

그러나 이제는 싫어도 해야 한다, 참아야 한다는 분위기가 많이 사라졌다. 무조건 참고 끝까지 하지 않아도 되고, 많이 힘들면 쉬거나 그만둬도 되고, 오히려 참는 것은 미련한 것이라고 말하기도 한다. 틀린 말은 아니지만 이게 지나쳐서 노력해 보기도 전에 힘든 것은 그냥 포기해 버리는 아이들이 점점 눈에 띈다. "내가 왜 참아야 해?", "이렇게나 힘들면 나한테 안 맞는 거 아니야?", "하기 싫은데 굳이 왜 해야 해?"라는 식이다.

하지만 어떤 일이든 인내와 끈기, 노력이 필요한 순간이 있다. 성적이 정체된 것처럼 보일 때 포기하지 않고 계속 공부를 해야 다시 성적이 오르고, 친구 때문에 기분이 상했을 때 무조건 관계를 끊어 버리는 것이 아니라 관계를 회복하기 위한 방법을 이리저리 시도해 봐야 한다. 이런 과정을 반복해서 경험해 봐야 어려운 일에 부딪혀도 쉽게 무너지지 않는 소위 '맷집'이 생긴다.

내가 정신과 의사가 되겠다는 목표를 가지고 의대에 갔을 때 이해할 수 없었던 것은 생화학, 생리학, 병리학, 기생충학 같은 과목이 포함되어 있는 것이었다. 그나마 내과, 산부인과, 소아과 같은 과목이라면 모르겠는데 이런 건 도대체 왜 배우는 건지, 어디에나 써먹을 수 있는지 알 수 없었다. 그러나 모든 공부를 끝마치고 보니 내 환자의 정신과 치료뿐 아니라 다른 질병이 염려되는 경우에 당황하지 않고 치료를 안내하고 도와줄 수 있는 전문가가 되기 위한 과정이었다는 것을 깨달았다. 내가 정신과를 전공하고 싶다는 이유로 정신과만 공부하고, 환자 상담만 했다면 가능하지 않았을 일이다.

대학 병원에서 인턴을 하던 시절에도 마찬가지였다. 그때는 요즘처럼 컴퓨터 시스템이 없었기 때문에 환자가 입원을 하면 그 환자의 엑스레이, CT 자료를 찾아 여기저기 돌아다녀야 했다. 지금 기준으로 생각하면 정말 쓸데없는 시간 낭비였다. 그

심리학, 열일곱 살을 부탁해

러나 그 과정 속에서 환자 자료가 어떤 식으로 정리되어 보관되는지, 병원은 어떻게 돌아가고 직원들은 어떤 일을 하는지 샅샅이 알게 되었다.

단단한 성장을 이뤄 내기 위해서는 때로는 참고, 싫어도 해야 하는 게 있다. 그 시간을 견디다 보면 아주 결정적일 때 일의 완성도를 높여 주고, 어려운 일에 부딪혔을 때 당황하지 않고 차근차근 극복할 수 있는 엄청난 힘이 된다.

근력은 자기가 들 수 있는 무게보다 조금 더 무거운 덤벨을 꾸준히 들 때 커진다. 삶을 살아가는 근력도 마찬가지다. 지금 열일곱 살에게는 근력을 키우는 과정이 필요하다. 특히 무엇이 불필요한 노력인지, 이쯤이면 최선을 다했으니 그만해도 되겠다는 판단이 설 만큼 많은 경험을 해 보지 못했기 때문에 더욱 그렇다. 힘이 세지고 싶다는 생각만으로는 아무것도 달라지지 않는다. 근육통이 오더라도 성실하게 덤벨을 들어야 한다.

SNS는 열일곱 살에게
어떤 의미일까

몇 년 전만 해도 청소년들의 명품 선호 현상이 뉴스에 꽤 오르내리곤 했다. 비싼 명품을 사기 위해 잠을 줄여 가며 아르바이트를 하고, 몇십 만원이 훌쩍 넘는 명품 브랜드 지갑을 가진 아이들이 꽤 된다는 이야기였다. 생각해 보면 그때그때 유행이 달라질 뿐 아이들이 모두가 가지고 싶어 하는 아이템은 언제나 있었다.

대부분의 사람들은 10대를 재능과 성적, 외모, 인기로 평가한다. 그중 어느 것 하나 제대로 가진 게 없으며, 쉽게 바꾸지도 못하는 아이들은 일종의 돌파구로 명품을 찾게 된다. 학교에서나 사회에서 단지 '평범하고 착한' 아이일 뿐이니 그만큼 절실하게 자신의 존재를 증명하기 위해 발버둥치고 있는 것이다.

그런데 이제는 열일곱의 존재를 증명하기 위한 도구가 SNS가 된 것 같다. 아니, SNS가 아이들의 세상을 지배하고 있으며, 아이들은 팔로워 수, 좋아요 수에 목숨을 건다.

예전에는 비교 대상이 전교에서 알아주는 우등생, 엄마 친구 아들 정도였고 멀리 보면 연예인 정도였다. 좋은 학벌, 좋은 직장, 외모, 재능 등 누구나 인정할 만한 뛰어난 무언가가 있어야 했다. 그러나 SNS 세상에 '인플루언서'라는 게 등장했다. 이들은 재미있게 수다를 떨거나 일상을 예쁘게 편집해서 올리는 것만으로도 유명해진 사람들이다. 인플루언서가 되기만 하면 멋지고 화려한 삶은 저절로 따라오는 것처럼 보인다. 물론 이 또한 어려운 일이지만, 평범한 사람도 아주 쉽게 유명해질 수 있다는 점에서 누구나 나만의 '콘텐츠'만 찾으면 나도 그렇게 될 수 있을 것 같은 착각을 준다. 상상을 초월하는 인기와 돈을 끌어모을 수 있는 엄청난 가능성이 바로 내 앞에 놓여 있는 것만 같다.

이런 아이들에게 SNS는 허상이라거나, 유행이라는 이유로 엉뚱한 물건을 사거나 영상을 찍어 올리는 것은 어리석은 행동이라고 이야기해 본들 무슨 소용이 있겠는가.

다만 내가 어른들에게 바라는 것은 단지 아이들이 SNS의 어두운 면을 제대로 볼 줄 모르고, 철이 없어서 그런 것이라고 간단히 무시하지 않는 것이다. 사실 어른들도 똑같이 SNS에 중독되고, 남들에게 관심을 받고 싶어 하지 않는가. 그저 너 자체로도 너무 예쁘고 사랑스럽다고, 네 존재 자체가 참 고맙고 고귀한 것이라고 얘기해 주는 어른들, 아이가 SNS에 너무 빠지려고 할 때 한 번씩 붙잡아 주고 도와주는 어른들이 많아졌으면 좋겠다.

착한 아이가
더 위험할 수도 있다

많은 부모들이 자신의 아이가 '공부 잘하는 아이' 못지않게 '착한 아이'가 되기를 바란다. 그래서 "우리 애가 얼마나 착한데요. 여태까지 내가 큰소리 한번 낼 일이 없었다니까요"라는 말은 부모가 아이를 자랑할 때 가장 많이 등장하는 레퍼토리 중의 하나다. 그러나 나는 "우리 딸은 정말 착해요"라고 말하며 상담을 해 오는 부모를 만날 때마다 걱정이 앞선다. 때론 착하다는 사실이 문제가 될 수도 있기 때문이다.

열여섯에 폭식증에 걸린 효진이는 '착한 아이'의 대표 케이스에 속했다. 아주 어릴 때부터 착하게 행동해서 부모의 기쁨이 되고자 하며, 훌륭하게 성장해서 고생하는 부모에게 효도를 해

심리학, 열일곱 살을 부탁해

야겠다고 마음먹은 아이 말이다.

어려서부터 효진이는 맞벌이하는 부모님이 바쁘고 신경 쓸 일이 많다는 것을 알기 때문에 해야 할 일을 스스로 찾아서 했다. 또 부모님을 대신해 남동생을 돌보고, 청소를 하고, 설거지를 하는 것이 응당 자기 몫이라고 여겼다. 동생이 부모님의 주머니 사정도 모르고 비싼 게임기를 사달라고 조르면 먼저 나서서 동생을 타일렀고 엄마가 할머니 때문에 스트레스를 받으면 친구와 만나기로 한 약속을 취소하고 설거지라도 도왔다. 아빠가 회사 일로 피곤해할 때마다 열심히 공부해서 아빠를 기쁘게 해 드려야겠다고 생각하며 밤늦도록 책상에 앉아 공부를 해야 마음이 편했다. 그럴 때면 부모님은 효진이에게 "우리 딸 착하다"라고 칭찬해 주었고, 효진이는 더욱더 착한 아이가 되기 위해 애를 썼다.

착한 아이는 모든 안테나를 부모에게 맞추고서 부모가 원하는 것만 하고 싫어할 만한 것은 하지 않으려고 한다. 부모에게 말대꾸를 하거나 불평을 하며 자신의 감정과 의견을 드러내면 '나쁜 아이'가 되어 버리기 때문에 자신의 감정과 욕구도 철저히 억누른다.

이러한 성향은 친구 관계에서도 어김없이 드러난다. 착한 아이는 자신의 이야기를 하기보다 친구의 이야기를 들어 주는 것을 편하게 여긴다. 친구에게 뭔가 속상한 일이 있는 것 같으면 먼저 다가가 얘기할 수 있는 분위기를 만들어 주기까지 하지만 정작 자신에게 힘든 일이 생기면 친구가 자기 얘기 듣는 것을 귀찮아하지 않을지, 혹은 친구의 시간을 빼앗는 것은 아닌지부터 신경 쓰느라 선뜻 말을 꺼내지 못한다.

그처럼 자신보다 남들이 무엇을 필요로 하는지, 혹은 남들이 무엇을 좋아하는지를 더 중요하게 생각하는 착한 아이는 나중에 커서 불안하고 자신감이 없는 어른이 되기 십상이다. 다른 사람에게 도움이 되어야만, 칭찬을 받아야만 자신의 존재감을 느끼는 것은 기본적으로 그렇게 행동하지 않으면 버림받을지도 모른다는 두려움이 있기 때문이다. 즉 버림받지 않기 위해 스스로 무리를 하면서까지 착한 행동을 하려고 하는 것이다.

효진이도 마찬가지였다. 늘 상대의 기분이나 의무감에만 짓눌려 자신이 하고 싶은 대로 살아 본 적이 없었다. 그처럼 헌신하고 희생하는데 상대방이 그걸 몰라주면 서운한 마음이 들 수밖에 없다. 서운한 마음을 넘어서서 '내가 이렇게까지 노력하는데 왜 당신은 몰라주는 거야?'라며 미움과 원망이 생기기도 한다. 하지만 효진이는 그런 마음을 밖으로 표현해 본 적이 없다. 그저 자신의 감정을 꾹꾹 억누르기에 바빴다. 그러나 감정은 억누른다고 해서 억눌러지는 것이 아니다. 엉뚱한 순간에 갑자기 튀어나와 사람을 괴롭히는 경우가 허다하다.

결국 효진이는 다른 사람에게 피해를 주지 않으면서 자신의 감정을 해소하는 방법으로 음식을 택했다. 대인 관계나 일상생활에서 쌓인 괴롭고 힘든 감정들을 음식을 통해 보상받고 해소

심리학, 열일곱 살을 부탁해

하려 한 것이다. 폭식을 함으로써 자신의 감정을 회피하고 자신을 무감각하게 만들었다.

알다시피 폭식증은 많은 양의 음식을 빠른 속도로 먹어 치우고 배가 불러도 먹는 것을 멈추지 못하는 병이다. 문제를 회피하고자 마구 먹지만 먹고 난 뒤에는 심한 우울과 자기혐오가 뒤따른다. 그래서 구토를 하거나 변비약을 먹게 된다. 그래도 처음에 음식을 먹고 구토를 할 때는 그렇게 힘들다고 느끼진 않는다. 하지만 이런 현상이 주 2회 이상 지속되면 점차 조절이 어려워지면서 음식에 집착하고 음식에 지배당하게 된다.

효진이는 착한 아이가 되고자 했을 뿐이지만 결과는 참혹하기 이를 데 없다. 자신이 원하는 것이 무엇인지 모르고, 늘 버림받을지도 모른다는 불안에 시달리다 폭식증이라는 병까지 얻었다.

"선생님, 실은 저 화가 나요. 근데 왜 화가 나는지 모르겠어요." 효진이는 끝내 울음을 터트렸다.

그래, 그렇게 터트리렴. 어떤 감정이든 두려워하지 말고 마음껏 느껴 봐. 그리고 더 이상은 착한 아이가 되려고 애쓰지 마라. 남이 인정해 주지 않아도, 네가 너 자신을 인정할 수 있으면 돼. 다른 사람들이 원하는 사람이 되기 위해 무리하면 너의 삶은 불행할 수밖에 없어. 폭식증은 너에게 그 사실을 알려 주기 위해 왔을지도 몰라. 그러니 앞으로는 남이 아닌 너 자신이 먼저 행복해지는 길을 찾아보렴.

왜 난 꿈이 없는 걸까?

　세상에는 수많은 직업이 있다. 그중에서 나는 도대체 무엇을 해야 할까? 어떤 것을 택해야 후회하지 않을 수 있을까? 이 질문에 대한 답을 찾는 것은 쉬운 일이 아니다. 나는 다행히 중학교 때 정신과 의사가 되고 싶다는 꿈을 세웠지만 막상 정신과 실습을 나갔을 때 내가 너무 쉽게 진로를 결정한 것이 아닐까 하는 의문이 들었다. 심한 정신분열증에 시달리는 사람들을 직접 대해 보니 '내가 과연 이 일을 할 수 있을까?'라는 두려움이 몰려왔기 때문이다. 그래서 부끄럽지만 레지던트 4년차에 뒤늦게 방황이라는 것을 했다.

　그래서인지 나는 아주 어렸을 적부터 꿈을 정해서 한 길만을 달려가는 사람들보다 대학 졸업이 얼마 남지 않았는데도 "꿈이 없는데 어떡하죠?"라고 말하는 사람들, 서른이 넘어서도 꿈을 찾아 방황하는 사람들에게 연민을 느낀다. 꿈을 찾지 못하고 방황하며 고민하는 게 얼마나 힘든 일인지 이제는 알기 때문이다.

이렇게 어른이 된 뒤에도 자신이 원하는 것을 찾지 못해 방황하는데, 우리나라 교육은 10대에게 언제나 열심히 공부하라고, 공부 잘하는 게 최고라고 닦달하면서 어느 순간 왜 꿈이 없느냐고, 빨리 '진로'를 정하라고 윽박지른다.

하지만 열일곱 살은 꿈에 대해 진지하게 생각해 볼 기회가 많지 않다. '나는 ~을 하고 싶다'를 생각하기도 전에 '~을 해야만 해'라는 일들에 치여 살았기 때문이다. 꿈이 없는 게 지극히 당연한 일인지도 모른다.

여기에 "다른 아이들은 벌써 꿈을 정하고 저렇게 달려 나가는데 넌 뭐 하고 있니?"라고 말하는 듯한 주변의 분위기는 열일곱 살을 당황스러움과 부담, 초조함으로 내몬다. 잘하는 것도 딱히 없고, 무엇을 좋아하는지도 모르겠고, 어디로 가야 할지도 모르겠는데 하고 싶은 걸 찾아 꿈을 정하라니, 그저 막막한 것이다. 게다가 진로에 맞춰 대학의 전공을 정하려고 하다 보면 마치 지금 이 순간 인생의 방향을 결정하는 것 같은 느낌에 부담감은 점점 커져 간다.

애플사의 CEO로 잘 알려진 스티브 잡스는 리드대학교에 입학했지만 비싼 학비를 감당하지 못해 1학기 만에 자퇴를 해야만 했다. 그러나 그는 계속 학교에 머물며 듣고 싶었던 강의를 청강했다. 덕분에 친구네 집 거실에서 잠을 자야 했고, 빈 콜라병을 모아 재활용센터에 갖다 주고 병당 5센트를 받아서 먹을 것을 사야 하는 날들이 계속되었지만 포기하지 않았다. 특히나 서체 수업은 그의 마음을 매료시켰다. 그런데 10년 후 매킨토시 컴퓨터를 만들면서 그는 '서체 수업을 들었던 게 이렇게 도움이 될 줄이야'라고 생각하게 되었다. 만약 그가 서체 수업을 듣지 않았더라면 미려한 서체를 가진 최초의 컴퓨터는 탄생하지 못했을 것이다.

심리학자 존 크롬볼츠의 '계획된 우연' 이론은 스티브 잡스의 경험이 매우 보편적이라는 사실을 증명한다. 그는 경력을 잘 쌓아 성공한 사람들을 대상으로 연구한 결과 사전에 꿈꾸고 계획한 대로 경력을 쌓아서 성공했다는 사람보다 예기치 못한 우연을 기회로 삼은 결과 성공했다는 사람이 압도적으로 많다는 사실을 발견했다.

흔히 진로를 찾을 때 적성, 흥미, 취향 등을 강조하는데 사실 우연도 매우 큰 영향을 미친다. 우연히 만난 사람, 그 사람이 던진 말, 별생각 없이 시작한 일, 예상치 못한 사건을 수습하는 과정에서 시작한 어떤 일이 하다 보니 즐겁고 잘 맞아서 성공으로 이어지고, 그로 인해 진로를 찾아가는 경우가 더 많다. 즉 지금 내가 하고 있는 그 무엇이 나중에 어떻게 쓰일지 아무도 모른다. 지금은 의미 없다고 생각한 일이 미래의 꿈을 위한 발판이 될 수 있는 것이다. 그러므로 지금 이 순간들이 꿈을 향해 가는 길임을 기억하고 절대 멈추어서는 안 된다. 꿈이 없다고 섣불리 좌절하거나 자포자기하지 말고, 앞으로는 어디서 어떤 일을 경험하든 모두 나의 자산이 될 것이라는 생각으로 즐겁게 받아들이길 바란다.

그러면서 '나는 ~할 때 제일 신나지?', '~할 때 시간 가는 줄 모르지?', '~할 때 잠도 안 자고 계속하고 싶지?', '~할 때 에너지가 생기는 느낌이 나지?'라고 계속해서 스스로에게 물어보라. 그렇게 자신의 목소리에 귀 기울이다 보면 언젠가 꿈을 발견하게 될 것이다. 지금 성적에 맞춰서 꿈을 정하는 어리석은 짓은 하지 마라. 그리고 "꿈도 없고, 하고 싶은 것도 없으면 문제 있는 거 아니니?", "그거 해서 밥 벌어먹고 살 수 있겠니?"라는 말에도 절대 기죽지 마라.

설령 지금 정한 진로와 전공이 내게 잘 맞지 않는 것으로 판명된다고 해도 절대 낙담할 필요가 없다. 막연하게 '나와 잘 맞을까? 아닐까?' 머릿속으로 고민만 하는 것보다 내게 맞지 않는 것을 확실히 알아가는 것만으로도 충분히 의미가 있다. 시간을 낭비했다고 생각하지 말고 다시 새로운 길을 찾아가면 된다. 앞서 말했듯이 단번에 확신을 가지고 진로를 선택하는 사람은 그리 흔치 않다. 내가 꿈이 무엇인지, 하고 싶은 일이 무엇인지에 대한 고민은 나이 마흔, 쉰이 넘어서도 계속된다.

노숙자에서 세계적인 사업가가 된 크리스 가드너는 "세상에서 가장 큰 선물은 자기 자신에게 기회를 주는 삶을 사는 것이다"라고 말했다. 만약 누군가 다들 앞으로 뛰어가고 있는데 왜 혼자 거기서 머뭇거리고 있느냐고 묻는다면 그렇게 대답하면 되지 않을까. "저는 지금 꿈을 찾을 수 있도록 제 자신에게 선물을 주는 중입니다"라고.

외모에 목숨을 거는
아이들에게

열일곱 살 민지는 어느 날부터인가 이유 없이 모든 것에 화가 나기 시작했다.

'내 마음대로 되는 게 이 세상에 뭐가 있단 말인가. 친구들과 실컷 수다 떨고 싶고, 유튜브에, 인스타그램에 할 게 얼마나 많은데, 엄마는 얼굴만 보면 휴대전화 좀 그만 들여다봐라 잔소리한다. 일요일만이라도 실컷 잤으면 좋겠는데, 왜 매번 일요일 아침까지 일찍 일어나라고 성화일까. 내 집에서 내 마음대로 잘 수 있는 자유도 없단 말인가. 그뿐만이 아니다. 나도 진심으로 공부를 잘하고 싶지만 마음만 먹는다고 되는 건 아닌 것 같다. 공부를 못하면 뭔가 다른 재주라도 있어야 할 텐데 나에게는 그런 재주가 없다. 옷을 좋아하니 나중에 인터넷 쇼핑몰을 하면 어떨까 싶다가도 얼굴도 예쁘고 인기 많은 사람이 운영하는 쇼핑몰도 망하기 십상이라고 하니 그마저도 자신이 없어진다. 이래 가지고는 변변한 직업을 구할 수도 없을 것 같다.'

그러던 어느 날 민지는 정말 진지하게 스스로에게 질문을 던져 봤다.

"지금 이 세상에 내 마음대로 할 수 있는 게 도대체 뭘까?"

고민에 고민을 거듭한 끝에 내린 결론은 바로 '외모'였다. '성형 수술을 해서 예쁜 얼굴을 갖게 되면 내 인생이 잘 풀릴지도 모른다. 당장 지금보다는 내 기분이 좋아지고 자신감도 생기겠지. 또 외모가 괜찮으니까 틀림없이 사람들의 관심과 사랑을 받을 수 있을 테고, 뭘 해도 유리하겠지. 그러면 지금이야 공부 잘하는 아이들한테 밀리지만 나중에 훨씬 더 나은 인생을 살 수 있을지도 모른다. 그러고 보니 모 연예인의 고등학교 졸업 사진이 떠오른다. 그 사진으로는 나보다 훨씬 못생긴 얼굴이었는데 한두 군데 성형 수술을 하고 다이어트랑 피부 관리를 하니까 지금은 남들이 다 부러워하는 톱스타가 되어 있지 않은가. 어쩌면 외모야말로 노력한 만큼 효과를 단박에 볼 수 있는 단 하나의 가능성인지도 모른다.'

그래서 열일곱 살들은 외모에 목숨을 걸기 시작한다. 불확실한 미래가 두렵기만 한 상황에서 외모를 조금만 뜯어고치면 가장 확실한 경쟁력을 가질 수 있다고 생각한다. 예전에는 이웃집

심리학, 열일곱 살을 부탁해

숟가락이 모두 몇 개인지 알 정도로 마을 전체가 친했기 때문에 외모는 평범해도 나의 진면목을 알아봐 주는 사람이 많았다. 하지만 이제는 다르다. 이웃집에 누가 사는지는 모르지만, 주위에 얼굴이 예쁘고 잘난 사람들이 넘쳐난다. 그저 외모만 보고 호감과 비호감으로 나누다 보니 평범한 열일곱 살은 자신의 장점을 알릴 기회조차 박탈당한 채 소외를 당하게 된다.

그런데 이런 상황에서 과연 "너는 지금 그대로도 충분히 예뻐", "너는 잘생겼어"라고 위로해 본들 그 말이 통할까? 외모 콤플렉스를 지난 수많은 사람들을 상담하고 치료해 온 나로서는 그에 대해 고개를 저을 수밖에 없다. 솔직히 나에게 외모 콤플렉스를 털어놓은 상당수가 어디 가서 못생겼다는 소리를 듣기는커녕 예쁘고 잘생겼다는 소리를 듣는 괜찮은 외모를 가지고 있었다. 하지만 그들은 스스로 불만족스럽다고 생각하는 어떤 부분에 꽂혀 내가 아무리 "괜찮아요. 예쁜데요"라고 말해도 들으려 하지 않았다. 심지어는 발가락이 못생겨서 수영장이나 바닷가에 놀러 가지 못한다는 사람도 있었다. 정말 괜찮으니까 괜찮다고 말하는데 그 말을 믿지 않으면 할 말이 없어진다. 그런 상황에서 "사람은 외모가 다가 아니다"라는 말이 통할 리 만무하다.

가장 난감한 순간은 성형 수술을 하고 싶다며 나의 의견이 어떤지 물을 때다. 아이는 결연한 표정으로 수술만이 답이라고 하고, 엄마는 그 옆에서 '선생님이 좀 말려 주세요'라는 간절한

눈빛을 보낼 때의 곤란함이란. 이제는 부모가 먼저 졸업 선물, 대학 입학 선물로 쌍꺼풀 수술 정도는 해 주는 시대이기도 해서 내 앞에서 옥신각신하는 환자와 부모를 만나는 일은 많이 줄긴 했다. 문제는 과하게 외모에 집착하면서 성형 수술에 중독되는 경우다.

처음에는 성형 수술을 하지 말라고 많이 말렸다. 지금 생각해 보면 그렇게까지 말릴 필요가 있었을까 싶지만 그때는 지구를 지키는 수호자라도 된 심정으로 수술을 뜯어말렸고, 부작용에 대해서 협박 아닌 협박도 해 봤다. 하지만 아무리 말려도 할 사람은 기어코 성형 수술을 했다. 그중 일부는 우려와 달리 수술을 통해 자신감을 회복한 경우도 있었고, 또 일부는 다른 부분이 마음에 안 든다며 그에 대한 고민에 빠지기도 했다.

특히 열일곱 살은 외모 콤플렉스에 빠지면 무슨 말로도 진정이 안 되고 설득이 안 된다. 하루에도 많은 시간을 못마땅한 부분에 대한 면밀한 관찰과 고민으로 보내는데, 그 집중력이 깜짝 놀랄 정도다. 뿐만 아니라 다른 사람들의 외모와 정밀하게 비교해 왔기 때문에 그 부분에 대해서만큼은 누구도 따라갈 수 없는 지식을 자랑한다. 다른 사람들의 조언이 우스울 정도로 확고한 자기 의견을 가지고 있다.

그래서 나는 선불리 "지금도 예뻐요, 지금도 잘생겼어요"라고 말하는 어리석은 짓을 하지 않는다. 괜찮다는 말은 부모로부터 수도 없이 들었을 테니 괜히 나까지 그 말을 해서 "선생님도

심리학, 열일곱 살을 부탁해

나를 이해해 주지 못하는 것 같다"라는 원망을 들을 이유가 없기 때문이다. 그리고 결과적으로 그 방법은 치료에도 도움이 되지 않는다. 수많은 시행착오를 거쳐 내가 터득한 해법은 바로 '빙빙 돌아가기'다.

사실 외모에 대한 불만족은 삶에 대한 전체적인 불만족 중에서 일부분에 지나지 않는다. 외모 콤플렉스 밑에는 삶에 대한 근본적인 불만족감이 깔려 있다. 내 능력을 알아주지 않는 세상에 대한 불만족감, 나를 이해해 주지 않는 부모에 대한 불만족감, 날 좋아해 주지 않는 사람들에 대한 불만족감, 그리고 그로부터 비롯된 미래에 대한 두려움까지……. 어른들은 지금 자신에게 주어진 것에 만족하라고 말하지만 그게 생각처럼 잘 안 된다.

게다가 과거에 비해 결정적으로 달라진 게 있다. 바로 사진의 영향력이 어마어마하게 커졌다는 것이다. 어디서나 누구나 손쉽게 휴대전화로 사진을 찍을 수 있고, SNS에 바로 공유할 수 있다. 뭐든지 이미지로 승부를 보는 시대고, 인터넷 세상에는 너무나도 빼어난 외모를 가진 사람이 많다. 아무것도 없어도 얼굴 하나로 유명해질 수 있다.

그러므로 외모 콤플렉스를 극복하려면 반드시 그 밑에 숨어 있는 더 큰 문제가 무엇인지를 들여다봐야 한다. 혹시 부모나 형제자매와 갈등을 빚고 있는 것은 아닌지, 시험 스트레스가 심한 것은 아닌지, 학교에서 별다른 문제는 없는지, 이성 친구와의 관계에 이상이 생긴 건 아닌지 살펴봐야 하는 것이다. 그 문제들을 풀어 갈 힘이 생기고 그 속에서 자신의 존재 의미를 깨닫게 되면 신기하게도 외모 콤플렉스가 줄어드는 경우가 많았다. 이를테면 성적이 떨어지고 부모의 간섭이 늘어나면서 외모 콤플렉스가 심해진 아이의 경우 부모와의 관계를 회복하면서 더 이상 성형수술을 해야겠다는 이야기를 꺼내지 않았다. 물론 콤플렉스가 완전히 없어지는 것은 아니다. 잠이 오지 않을 정도로 신경 쓰이던 외모가 덜 신경이 쓰이는 상태, '봐줄 만한' 상태가 된다는 게 맞는 말일 것이다.

하지만 그 정도면 충분하다. 외모 콤플렉스에 내가 가진 정신적 에너지의 90퍼센트를 소비하는 것과 20퍼센트를 소비하는 것은 하늘과 땅 차이다. 외모 콤플렉스에 소비하는 정신적 에너지가 20퍼센트 이하로만 떨어져도 괜찮은 상태라고 볼 수 있다. 즉 외모 콤플렉스가 심하다면 내면에 그보다 더 큰 다른 문제가 숨어 있다는 뜻이므로, 그게 무엇인지를 찬찬히 들여다볼 필요가 있다. 멀쩡한 외모를 뜯어고친다고 문제가 해결되지 않는다.

종아리가 굵어서 아침마다 교복을 입기 싫다는 한 소녀가 있었다. 그녀는 종아리 알통만 생각하면 밥맛이 없어진다며 종아리가 가늘어질 수만 있으면 뭐는 하겠다고 했다. 그녀를 치료하는 것은 쉽지 않았다. 하지만 수년이 지나고 드디어 하고 싶은 일을 찾아 공부를 시작하고 친구들과의 관계에서도 안정을 찾아가던 어느 날, 상담을 마치고 진료실을 나가던 그녀가 문득 뒤를 돌아보았다. 그러더니 치마 밑으로 드러난 자신의 종아리를 나에게 보여 주면서 "선생님, 저 이 정도면 괜찮죠?"라고 말하며 씩 웃는데 나는 감격해서 할 말을 잃고 말았다.

소심하다고
기죽지 마라

자기 전에 친구에게 숙제를 다 했느냐는 메시지를 보냈는데, 아무리 기다려도 답이 오지 않는다. '왜 내 메시지 안 보지?' 자꾸 휴대전화를 꺼내 확인한다. '분명히 갔는데 왜 답이 없지? 점심 먹을 때까지만 해도 같이 웃고 떠들었는데…….' 그러고 보니 집에 올 때부터 친구의 눈초리가 좀 이상했던 것 같기도 하다. 내가 무슨 얘기를 해도 별로 웃지도 않고, 그래서 내가 약간 짜증을 냈는데 설마 그것 때문에 화가 났나? 아니면 숙제 다 했느냐고 물어본 게 보어 딜라는 말처럼 들렸나? 내가 너무 간섭한다고 생각했나? 나는 그냥 물어본 거였는데…….

화난 거냐고 물어보자니 진짜로 화났다고 할까 봐 겁나고,

심리학, 열일곱 살을 부탁해

그냥 답을 기다리자니 답답하고 불안하기 짝이 없다. 친구가 보낸 메시지에 이모티콘만 없어도 기분이 별로 안 좋은가 걱정하는 나인데 공부가 손에 잡힐 리 없다.

다음 날 아침, 학교에 가자마자 조심스럽게 친구의 눈치부터 살폈다. 조마조마한 마음으로 이름을 불렀는데, 친구가 평소와 다름없이 인사한다. 가슴을 쓸어내리며 어제 메시지 못 받았느냐고 물어보니 휴대전화를 충전기에 꽂아 두고서 그대로 잠들어 버렸단다. 이렇게 허탈할 수가. 그나마 나 때문에 화났느냐고 메시지 안 보낸 게 다행이라는 생각이 들었다. 그랬으면 소심하다고 또 한 소리 들었을 테니 말이다.

본래 소심하다는 말은 대담하지 못하고 조심성이 지나치게 많다는 것을 뜻한다. 심리학적으로 본다면 걱정이 많고 불안 수준이 높은 사람에게서 나타난다. 사실 체질적으로 이러한 성향을 타고나는 경우도 있다. 뇌에서 '세로토닌'이라는 신경전달물질이 부족한 사람일수록 평소에도 걱정이 많고, 다른 사람의 시선을 많이 의식하며, 소심한 경향이 있다.

그런데 겉으로 보기엔 적극적이고 자신감에 차 있는 열일곱 살도 "저 은근히 소심해요"라고 대답하는 경우가 많아 의외라는 생각을 하곤 한다. 어떨 때 소심하다는 생각이 드느냐고 물어보면 대개 친구들 사이에서 일어난 일을 꼽는다.

친한 친구가 다른 친구와 가까이 지내면서 나를 소홀히 대하면 너무 속상하고, 다른 친구와 귓속말을 하면 나를 따돌리고 흉보는 것 같아 신경이 쓰인다. 친구가 별생각 없이 한 말에 내심 상처받았지만 속 좁아 보일까 봐 표현은 못 하고 괜히 집에 와서 눈물을 흘리기도 한다. 소심한 열일곱 살이 상상의 날개를 펴기 시작하면 정말 끝이 없다.

정도의 차이는 있지만 사람들은 누구나 인간관계에서 두려움과 불안함을 느낀다. 친구가 혹시 나 때문에 마음이 상했을까 하는 소소한 두려움부터 절교 선언을 하지는 않을까 하는 커다란 두려움까지.

소심한 성향은 지나치지만 않다면 인간관계에서 꽤 장점이 많은 성향이다. 눈치가 빠르고 다른 사람의 마음을 섬세하게 알아차리기 때문에 배려심이 뛰어나다. 또 주변 사람들에게 폐를 끼치거나 불편을 주는 일은 알아서 삼간다. 평소에 걱정이 많아 조심조심하므로 실수하는 일도 적다. 그러다 보니 가까운 친구들로부터 같이 있으면 편안한 친구로 받아들여진다.

문제는 너무 심한 경우다. 혼자 속을 끓였는데 나중에 알고 보니 별일이 아니었을 때의 황당함이란. 그런 일이 빚어지는 이유는 아직 다가오지도 않은 미래의 일을 미리 걱정하기 때문이다. 작가 어니 J. 젤린스키는 말했다. 걱정의 40퍼센트는 절대 현실로 일어나지 않으며, 걱정의 30퍼센트는 이미 일어난 일에 대한 것이고, 걱정의 22퍼센트는 사소한 고민이며, 걱정의 4퍼센트는 우리 힘으로는 어쩔 도리가 없는 일에 대한 것이라고 말이다. 그러므로 우리가 하는 걱정의 96퍼센트는 해 봤자 내 인생에 아무 도움이 안 된다.

생각해 보라. 친구가 답을 바로 보내지 않은 것은 내가 미처 알지 못한 사정이 있기 때문이었지만 내 마음대로 상상하고 걱정하느라 공부를 하지 못했다. 일어나지 않은 일, 내가 알 수 없는 일을 걱정하며 에너지를 낭비한 것이다. 그러므로 상상에 빠져 쓸데없는 걱정을 할 시간에 자리를 박차고 일어나 다른 일을 하는 것이 훨씬 낫다. 친구가 답을 보내기만 기다리기보다 방 청소를 하거나 책을 읽는 것이 더 낫다는 얘기다.

아무리 친해도 내가 그 친구의 마음을 100퍼센트 안다고 할 수 없다. 때로는 내 마음도 오락가락 종잡을 수 없는데 어떻게 친구의 마음을 다 알겠는가. 그러므로 알 수 없는 친구의 마음을 섣불리 추측하려 하지 마라. 나의 진심을 전달하면 그것으로 충분하다.

그리고 친구 관계에서 지나치게 소심하면 오히려 행동이 어색해지기 쉽다. 친구가 내 눈치만 보면서 나의 작은 행동 하나하나에 민감하게 반응한다고 해 보자. 내 입장에서는 그 친구와의 관계가 몹시 피곤해질 것이다. 게다가 마음과 마음은 미묘하게 전달된다. 특히 불안하고 자신 없는 감정은 더욱 그렇다. 내가 친구를 여유 있는 마음으로 편하게 대해야, 친구도 나를 편하게 대할 수 있다.

어떤 성격이든 장점과 단점을 동시에 가지고 있다. 내성적이라는 말은 그만큼 혼자 진지하게 생각하는 사람이라는 뜻이고, 무뚝뚝하다는 말은 표현이 적은 대신 허튼 말을 하지 않는다는 뜻이다. 즉 소심하다고 해서 부정적으로만 생각해 괜히 움츠러들거나 자신감을 잃을 필요가 없다. 소심한 성격의 장점을 십분 발휘한다면 많은 사람들에게 인정받는 멋진 사람이 될 수도 있다.

10대가 "짜증난다"라는 말을
입에 달고 사는 이유

　요즘 10대는 왜 그렇게 "짜증난다", 속된 말로 "빡친다"라는 말을 입에 달고 사는 걸까? 그들은 학교생활부터 시작해서 지금 입고 있는 옷까지 모두 다 "짜증난다"라는 말 한마디로만 설명한다.

　이들이 모든 것을 짜증난다는 말로만 설명하는 것은 그만큼 감정을 표현하는 방식을 모른다는 이야기다. 감정도 키가 자라듯이 자라는 것이기 때문에 다른 사람과 세밀하게 소통해 나가면서 지금 느끼는 나의 감정이 무엇인지, 상대방의 감정은 무엇인지를 배워 나가야 한다. 그러나 분노, 슬픔, 우울함, 질투 등 수많은 감정들에 제대로 이름을 붙이고 표현하는 방법을 미처 배우지 못한 아이들은 불쾌하고 부정적인 감정이 한꺼번에 일어나면 놀라고 당황한다. 그래서 그 두려움을 주체하지 못하고 "싸증난다"라는 말을 밥 먹듯이 하게 되는 것이다.

　게다가 대부분의 10대는 낯간지러운 것을 끔찍이도 싫어하기 때문에 짜증난다는 말을 "죄송하다", "미안하다" 혹은 "감사하다"라는 말 대신 쓰기도 한다. 그런데 속으로는 죄송한데도 겉으로는 얼굴을 찡그리며 짜증난다고 말을 하니 부모는 10대의 마음을 헤아리지 못한 채 상처를 입거나 서운해 한다. 삐딱하게 말한 당사자도 마음이 편치 않아 결국 후회하게 된다. 그러므로 어떠한 경우에도 고마움과 미안함을 짜증난다는 말로 전해서는 안 된다.

오늘 나는 "짜증난다"라는 말을 몇 번이나 했는지 돌이켜 보자. 나는 어떤 상황에서, 어떤 느낌 때문에, 무엇이 마음에 들지 않아서 그 말을 내뱉었을까? 그렇게 조금씩 내 감정을 돌아보고 적합한 단어로 표현해 보자. 자신의 감정을 정확히 알아야 해결책도 찾아갈 수 있다. 이렇게 하다 보면 조금씩 자라는 키처럼 나도 자라 있을 것이다.

누구에게나
문제는 있다

"어떤 때는 시쳇말로 '오버'하면서 떠들어 대고, 어떤 때는 입
도 뻥끗하기 싫어서 누가 말만 시켜도 신경질적으로 반응해요.
활발한 것 같으면서도 때로는 친구들과 장난치는 것도 싫어지
고요. 어떤 날은 무지 착해지고 싶은데 또 어떤 날은 못됐다는
말을 들어야 기분이 좋아요. 막 웃다가 갑자기 슬퍼지기도 하고
요. 왜 그럴까요?"

이 세상에 완전무결하게 일관된 모습을 가진 사람은 없다.
인간은 누구나 겉과 속이 좀 다르다. 뿐만 아니라 친구나 부모
님이 어제 그 말을 했을 때는 아무렇지 않았는데, 오늘은 그 말
이 이상하게 거슬릴 수 있다. 주어진 상황과 내 마음 상태에 따

라 똑같은 말도 다르게 느껴지는 것이다. 그런데 열일곱 살은 하루에도 몇 번씩 기분이 좋았다 나빴다 하는 자신을 그대로 받아들이지 못한다. 혹시 자신에게 정신적으로 문제가 있는 것은 아닌지 고민하는 친구들도 있다.

정신의학에서는 만 18세가 넘어야 성격이 어느 정도 형성된다고 본다. 그러므로 열일곱 살의 경우 성격이 만들어지는 과정에 있기 때문에 벌써부터 성격에 문제가 있다고 말할 수는 없다. 정신분석가인 안나 프로이트는 말한다.

"사춘기 아이가 모순되고 예측하기 힘든 행동을 하는 것은 당연한 일이다. 그는 충동을 억제하면서도 받아들이며, 부모를 사랑하면서도 미워하고, 다른 사람 앞에서 자기 어머니를 아는 척하는 것을 심히 부끄러워하면서도, 느닷없이 어머니와 가슴에서 우러나오는 대화를 나누고 싶어 하고, 부단히 자신의 정체성을 추구하는 동안에도 다른 사람들을 모방하고 그들과 동일시하는 것을 즐거워하고, 더할 나위 없이 이상적이고 예술적이고 관대하고 헌신적이면서도, 그와 반대로 자기중심적이고 이기적이고 타산적이다. 사춘기가 아닌 다른 시기에 상반된 양극단을 그렇게 왔다 갔다 했다면 매우 비정상적으로 보였을 것이다. 사춘기에 나타나는 그와 같은 감정의 동요는 다음 사실을 말해주는 데 지나지 않는다. 즉, 성인의 인격 구조가 그 모습을 갖추기까지는 오랜 시간이 걸리고, 문제가 되는 개인의 자아는 쉬지 않고 실험을 계속하고 있으며, 서두르지 않고 여러 가지 가능성에 접근하려고 한다는 것이다."

그러므로 너무 지나치지만 않다면 '왜 자꾸 이랬다저랬다 하면서 혼란스러운 거지? 나에게 무슨 문제가 있나?'라며 지레 겁먹을 필요는 없다. 대신 인간 내면에 서로 다른 성향의 여러 가지 모습이 공존하고 있다는 사실을 인정하고 항상 일관된 태도를 보여야 한다는 강박관념에서 벗어나야 한다. 또한 '나는 착한 사람이야'라는 집착적인 다짐보다 '나는 대체로 착한 편이지만 가끔 이기적일 때도 있지'라고 융통성 있게 받아들이는 것이 좋다. 그래야 다른 사람들이 나에게 이기적이라고 지적할 때도 흥분하기보다 차분하고 너그러운 마음으로 대화할 수 있을 것이다.

그럼에도 마음을 다잡는 게 쉽지 않다면 부정적인 평가나 비판에 너무 민감하게 반응하는 것은 아닌지 되돌아보라. 누구나 약점을 건드리면 화가 나게 마련이다. 그렇잖아도 스스로 마음에 안 드는데 상대방이 그 부분을 콕 짚으면 누군들 평정심을 유지할 수 있겠는가. 하지만 열 명 중 아홉 명이 칭찬을 하고 단한 사람만 부정적인 비판을 했는데, 아홉 개의 칭찬을 뒤로 하고 비난 하나에만 집착하고 괴로워하는 경우가 있다. 사소한 거부나 비판에도 스스로가 보잘것없는 존재라고 느껴지거나 굴욕감이 든다면 상당히 오만하다고 볼 수 있다. 나를 싫어하는 사람이 있어서는 안 되고, 나를 비난하는 사람이 있어서는 안 된다고 생각하는 오만함 말이다. 연기를 잘하고, 겸손하며, 사회에 기부도 많이 하는 인기 스타에게도 안티 팬이 있는데 하물며 나를 싫어하는 사람이 없어야 한다는 게 말이 되는가.

즉 부정적인 비판을 들었을 때 잠을 못 잘 정도로 괴롭다면, 그런 일이 계속 반복된다면 나에게 문제가 있는 것이다. 그렇다고 그 사실을 심각하게 받아들일 필요는 없다. 누구나 어떤 식으로든 문제를 가지고 있다. 아무리 당당하고 멋있는 사람도 알고 보면 상처가 있고, 그로 인해 아파한다. 그래서 정신분석가 프로이트가 내세운 정상의 기준도 '약간의 히스테리, 약간의 편집증, 약간의 강박'을 가진 것이었다. 그러니까 나한테 문제가 있다고 해서 그것을 숨기려고 하거나 부정할 이유는 없다.

문제는 숨기려 할수록 드러나고 부정하려고 할수록 더욱 커지는 경향이 있기 때문에 마치 아무런 문제가 없는 것처럼 행동하는 게 더 무서운 결과를 가져올 수 있다. 그러고 보면 참 다행이다. 문제가 있다는 걸 인정하고 받아들였으니 이제 그걸 고치기만 하면 되니까 말이다. 그리고 이 말이 용기가 될지 모르겠지만 내가 그토록 두려워하던 문제들의 대부분은 막상 부딪혀 보면 별 게 아니었다. 생각해 보면 문제와 마주하기가 두려워서 이리저리 피하면서 도망갈 궁리를 했던 때가 오히려 더 괴로웠던 것 같다.

수정이가 나를 찾아온 건 고1 여름방학 때였다. 수정이는 우울증을 앓고 있었는데 증세가 좀 나아지다 다시 나빠졌다를 반복하더니 2년이 지나자 지금 많이 호전되었다. 2년 전만 해도 걱정을 태산같이 쌓아 놓고 도망갈 생각만 하는 아이였는데 말이다.

수정이는 고1 말에 2학년이 되어 초등학교 때 자신을 따돌렸던 아이와 같은 반이 될까 봐 지레 겁을 먹었다. 얼마나 두려워했는지 자퇴를 진지하게 고민할 정도였다. 나는 같은 반이 안 될 확률이 더 높으니까 일단 반 배정이 나는 것을 보고 결정하자고 수정이를 달랬다. 다행히 수정이는 그 아이와 같은 반이 되지 않았다.

그런데 똑같은 문제가 고2 말에 벌어졌다. 이번에도 수정이는 같은 반이 될까 봐 걱정을 했다. 나는 수정이에게 걱정하는 일이 100퍼센트 벌어지리라는 보장은 없으니까 기다려 보자고 했고, 수정이도 일단 부딪혀 보겠다고 했다. 걱정하는 강도가 지난번보다는 덜해서 수정이가 나름 단단해졌다는 생각이 들었다. 하지만 이번에는 우려하던 일이 벌어지고 말았다. 결국 수정이는 그 아이와 같은 반이 된 것이다. 낙담한 얼굴로 고3인데 이제 와서 자퇴를 할 수도 없고, 가장 중요한 시기에 그 애 때문에 스트레스받을 것을 생각하니 벌써부터 두통이 생긴다고 했다. 나는 또다시 수정이를 달랬다.

"그 아이랑 안 좋은 일이 있었던 건 초등학교 때잖아. 5년이나 지났으니 그 애가 철이 들었을 수도 있고, 성격이 예전과 달라졌을 수도 있어. 그러니 이번에도 일단 부딪혀 보자."

수정이는 반신반의했지만 그러겠다고 했다. 그러고 며칠이 지났을까. 수정이는 그 아이랑 크게 불편한 점이 없다며 안도의 한숨을 내쉬었다. 그러다가 최근에는 그 애와 짝이 되었는데 그런대로 괜찮은 것 같다는 이야기를 했다. 그 친구가 초등학교 때 봤던 모습과는 사뭇 달라져서 그동안 뭘 그렇게 걱정했었나 하는 생각이 든단다. 고1 때 지레 겁먹고 자퇴했으면 진짜 큰일 날 뻔했다며 너스레를 떨기도 했다.

때론 이판사판 부딪혀 봐야 할 때가 있다. 두려움을 극복하는 가장 확실한 방법은 두려움의 대상과 직면하는 것이다. 두려움이란 실체가 있다기보다 하나의 생각에 지나지 않기 때문에 멀찌감치 떨어진 곳에서 고민만 하거나 회피하려고 할수록 우리를 더 옭아매게 된다.

나는 서른여섯 살이란 비교적 늦은 나이에 미국에 있는 펜실베이니아 주립대학교 부속병원으로 연수차 유학을 다녀왔다. 사람들은 공부하러 외국에 나가게 된 나를 축하해 주었지만 솔직히 겁이 많이 났다. 낯선 외국에 혼자 가는 일도 처음이고, 유학 가는 병원에 아는 사람이 아무도 없다 보니 두려움이 밀려왔다. 영어 실력이 뛰어나면 걱정이 덜할 텐데 읽고 해석하는 데만 능숙한 토종 한국인이다 보니 암담하기 짝이 없었다.

심리학, 열일곱 살을 부탁해

우여곡절 끝에 공부를 마치고 돌아온 지금, 돌이켜 보면 원래 공부하고자 했던 것들을 모두 배우고 오지는 못했다. 다 배우기에는 시간이 턱없이 부족했다. 그렇지만 미국 연수는 나에게 아주 중요한 것을 일깨워 주었다. "해 보니까 되네!"라는 깨달음을 준 것이다.

그러고 보면 나는 의과대학을 졸업하고 인턴 생활을 막 시작했을 때도 잔뜩 겁을 집어먹었더랬다. 제대로 잠도 못 자고 정말 힘들다는데 과연 내가 할 수 있을까? 하지만 막상 해 보니 그 힘들다던 종합병원 인턴 생활도 나름 숨 쉴 구석이 있었다.

그래서 이제 나는 어려운 일이 생기면 '그래, 사람이 하는 일인데 다 할 만하니까 하겠지'라고 생각한다. 두려움과 걱정으로 시간을 허비하기보다는 용기를 내어 '일단 부딪히고 나서 이야기하자'라고 나 자신에게 주문을 왼다.

가난한 가정에 사생아로 태어나 자식에게 무관심한 어머니 밑에서 자랐으며, 아홉 살 어린 나이에 친척들에게 성폭력을 당했고, 100킬로그램이 넘는 비만에 시달리기도 했던 여자. 그러나 그 모든 문제를 딛고 일어나 전 세계 1억 4천만 시청자를 울리고 웃기는 〈오프라 윈프리 쇼〉의 진행자이자 세계에서 가장 영향력 있는 여성이 된 오프라 윈프리. 그녀는 말한다.

"두려움을 가지고 있지 않은 사람은 없습니다. 하지만 진짜 두려움은 우리가 그 두려움에 너무 큰 비중을 두었을 때 생겨납니다. 우리가 두려움을 의식하지 않는다면 그 두려움은 유령

처럼 사라질 것입니다. 분명한 것은 두려움이 우리의 삶을 지배
하도록 허락해서는 안 된다는 것입니다. 두려움을 치료해 줄 수
있는 유일한 것이 있다면 그것은 자신에 대한 신뢰와 용기입니
다."

　비겁하다는 소리를 듣더라도 안 하고 싶고, 그냥 도망가 버
리고 싶을 때가 있다. 힘들고 고통스러운 것과 마주하는 게 두
려워서 차라리 외면하고 싶은 그 마음을 왜 모르겠는가. 그렇지
만 피한다고 피해지겠는가. 그럴 바에야 차라리 "일단 부딪혀
보자"라고 주문을 외워 보면 어떨까. 수정이가 그랬듯, 내가 그
랬듯, 정말 부딪혀 보면 별 게 아닐 수도 있으니까 말이다.

이제 그만 질문을
바꿔라

어머니 손에 이끌려 어쩔 수 없이 정신과 상담을 받으러 온 남학생이 있었다. 어머니는 아들이 게임 중독에 빠진 게 틀림없다고 했다. 게임 중독 테스트 10문항 중에 9문항이나 해당된다는 것이 그 이유였다. 그러고는 오기 싫어하는 아들을 간신히 데려왔으니 꼭 좀 치료를 해 달라고 신신당부했다.

첫 번째 치료자는 그 남학생에게 "왜 상담하러 오기가 싫었나요?"라고 물었다. 그러자 남학생은 "저는 게임 중독이 아니에요"라고 말하고는 입을 꾹 다물어 버렸다. 치료자는 난감했다. 본인이 아니라고 하는데 테스트 결과만으로 진단을 내릴 수는 없었기 때문이다.

두 번째 치료자도 그 남학생에게 "왜 상담하러 오기가 싫었나요?"라는 질문으로 운을 뗐다. 그런데 남학생이 "그냥요"라고 대답하고는 빤히 치료자를 쳐다봤다. 치료자는 다음에 무슨 말을 꺼내야 좋을지 막막해졌다.

반면 세 번째 치료자는 남학생에게 조금 다르게 질문했다.

"상담하러 오는 게 별로 내키지 않았나 봐요. 하지만 100퍼센트 오기 싫은 마음만 있었다면 어머니가 가자고 해도 절대 오지 않았을 것 같은데 혹시 단 1퍼센트라도 와 봐야겠다는 마음이 있었다면 그게 뭘까요?"

남학생은 잠시 생각하더니 이렇게 말했다.

"이 문제로 자꾸 엄마랑 다투게 되니까 괴로웠어요. 저 때문에 괜히 집안 분위기가 안 좋아지는 것도 싫었고요. 동생도 요즘은 저를 슬슬 피하더라고요. 집에서 외톨이가 된 느낌이에요. 그러니까 점점 더 게임만 하게 되는 거 같아요."

부끄럽지만 첫 번째와 두 번째 경우는 치료자로서 초보 시절의 나의 모습이고, 세 번째 경우는 어느 정도 상담 경험이 쌓이고 난 뒤의 나의 모습이다. 질문의 중요성을 몰랐던 초보 시절, 나는 "왜 오고 싶지 않았느냐"고 물었다. 그런데 그렇게 물었을 때 나는 아무런 대답도 듣지 못했다. 수많은 시행착오 끝에 어느 순간 깨달았다. 오고 싶지 않았던 이유를 대라고 하면 추궁을 당하는 것 같아 기분이 나쁠 테고 그러니 누구라도 더 이상 말하기 싫었을 것이다.

'그래, 질문을 바꿔야 해! 오고 싶었던 이유를 물어야 하는 거야.'

사람들은 스스로에게 부정적인 질문을 던지는 버릇을 가지고 있다. 특히나 하는 일마다 꼬이고 잘 안 풀리기 시작하면 반사적으로 자신에게 묻는다.

"나는 왜 되는 일이 없는 거지?"

"나는 왜 이렇게 못났을까."

"나는 왜 이렇게 불행한 걸까?"

부정적인 질문은 "원래 나란 인간이 재수가 없으니까", "나는 제대로 할 줄 아는 게 아무것도 없으니까", "다들 나를 안 좋아하니까" 등등의 부정적인 답을 불러오고, 그로 인해 부정적인 감정에 휩싸인다. 그렇게 되면 문제에 대한 해답을 찾기는커녕 자괴감의 늪에 빠져 절망하게 되고, 그러는 사이 문제는 더 커져서 감당할 수 없는 지경에 이르고 만다. 이것을 심리학에서는 '끌어당김의 법칙'이라고 말한다.

끌어당김의 법칙은 부정적인 것이든, 긍정적인 것이든 가리지 않는다. 내가 원하지는 않았지만 '~가 싫어', '~를 하고 싶지 않아'라는 부정적인 생각에 빠져 있다고 치자. 그러면 싫든 좋든 나는 부정적인 생각에 집중하고 있는 셈이 되고, 그 부정적 에너지가 원치 않았던 일을 끌어당기게 된다.

반면 '난 잘될 거야', '난 할 수 있어'라는 긍정적인 생각은 긍정적인 곳에 나의 에너지를 집중함으로써 원하는 일을 끌어당긴다. 즉 긍정적 에너지를 불러와도 모자랄 판에 어두운 에너지만 낳는 생각과 행동을 하면 될 일도 안 된다는 말이다.

다행히 우리는 언제든 긍정적인 생각을 선택할 수 있다. 아무리 안 좋은 상황에서라도 부정적인 생각 대신 긍정적인 생각을 할 수 있다. 만약에 오른손을 다쳐서 한 달 동안 못 쓰게 되었다고 치자. 사람들은 보통 '한 달 동안 아무것도 못하겠네'라고 생각하며 우울해 하지만 그런 와중에도 어떤 사람은 '그럼 이참에 왼손으로 가능한 일들을 찾아볼까?'라고 생각할 수도 있다. 우울에 빠진 사람과 왼손으로 가능한 일들을 찾아보는 사람의 한 달은 다를 수밖에 없다.

그러면 어떻게 긍정적인 생각을 할 수 있을까? 질문을 바꾸면 된다. 긍정적인 질문을 던지는 것이다. 이를테면 "나는 왜 되는 일이 없지?" 대신 "내가 잘할 수 있는 것은 무엇일까?", "나는 왜 이렇게 불행하지?" 대신 "어떻게 하면 행복해질 수 있을까?"라는 식으로 질문을 바꾸는 것이 그 방법이다.

지금까지 버릇처럼 부정적으로 질문을 던졌다면 이제는 바꾸어 보자. 실패에 익숙하고 삶을 바꿀 용기가 없는 사람들은 부정적인 질문을 함으로써 자신을 괴롭히며 한 발자국도 앞으로 나아가지 못한다. 반면 성공한 사람들은 긍정적인 질문을 던짐으로써 어떻게든 앞으로 나아간다.

미국에서 실제 있었던 일인데, 어느 날 냉동차에 사람이 갇

심리학, 열일곱 살을 부탁해

히게 되었다. 그는 뒤늦게 갇힌 것을 깨닫고 어떻게든 빠져나가려고 소리를 지르고 문을 두드렸지만 아무 소용이 없었다. 동료들이 다 퇴근한 뒤였기 때문이다. 그는 나무 바닥에 칼로 "너무 추워 온몸이 마비되는 것 같다. 차라리 이대로 잠들어 버렸으면 좋겠다"라고 쓰고는 밤새 추위에 떨다 죽었다. 그런데 이상한 것은 그가 갇혀 있던 날 밤 냉동차는 작동하지 않았으며 차량 속 온도계는 13도를 가리키고 있었다는 점이다. 결코 얼어 죽을 상황이 아니었음에도 그는 냉동차에 갇혔다는 공포만으로 죽음을 맞이했다.

이처럼 어떤 생각을 하는지에 따라 내 운명이 달라지기도 한다. 그러므로 노력을 해도 잘 안 되고, 자꾸만 비뚤어지고 싶은 마음이 들 때일수록 긍정적인 생각을 해야 한다. 질문의 방향부터 바꾸자. 성공한 사람들은 그 어떤 순간에도 "나는 왜 안 될까?"라고 묻지 않고, "어떻게 하면 가능하게 할 수 있을까?"라고 묻는다는 사실을 잊지 말자.

2장

공부하기 싫을 때,
공부하기 힘들 때

나도 중학교 때까지는
공부 잘했는데……

승훈이는 중학교 3년 내내 공부를 잘하는 아이로 통했다. 게다가 공부를 잘하는 다른 아이들처럼 공부밖에 모르는 아이도 아니었다. 친구들과 어울려 놀기를 좋아하고 특히나 농구를 잘해서 친구들의 부러움을 샀다. 부모님에게는 당연히 '자랑스러운 우리 아들'이었고, 여동생에게는 '친구들이 부러워하는 멋진 오빠'였다. 그래서 승훈이는 별걱정 없이 중학교를 즐겁게 다녔고, 그 결과 특목고는 아니지만 꽤 좋은 고등학교에 진학할 수 있었다.

승훈이는 공부만 죽어라 하는 아이들을 도저히 이해할 수가 없었다. 시험 때만 열심히 해도 되는데, 왜 항상 어두운 표정으로 공부하는 티를 팍팍 내는지 솔직히 꼴불견이었다. 고등학교에 올라가서도 그 생각엔 변함이 없었다. 평소에 수업만 충실히 듣고 시험 기간에 바짝 열심히 하면 된다고 생각했다. 중학교 때와 또 다른 학교생활에 적응하느라고 정신이 없기도 했다.

그런데 첫 중간고사 성적이 나온 날, 결과는 참혹했다. 국·영·수·사·과 한 등급이 432232로 나온 것이다. 자신있는 과목이었던 국어, 영어 등급이 형편없었고, 그나마 2등급이 나온 과목들도 등급 컷에 아슬아슬했다. 고등학교에 가면 내신 등급 받기가 어렵다는 말은 들었지만 중학교 내내 공부를 잘했으니 어느 정도 성적이 잘 나올 거라 생각했던 승훈이는 충격이 컸다. 스스로도 실망스러운데 부모님의 태도는 더욱 실망스러웠다. 이제껏 한 번도 이래라저래라 간섭한 적이 없었는데, 태도가 180도 바뀐 것이다. 성적이나 등수에 신경 쓰지 말고 네가 하고 싶은 걸 하라고 강조하던 부모님이 "텔레비전 너무 많이 보는 거 아니니?", "친구들과 노는 시간이 너무 많은 거 아니니?" 하며 일일이 간섭하기 시작했다. 선생님과 반 아이들의 표정도 그전과 달라 보였다. 왠지 공부를 못한다고 자신을 무시하는 것 같았다.

승훈이처럼 성적이 우수한 아이들의 경우 좌절 경험이 거의 없다. 공부만 잘하면 모든 것이 용서되고, 누구보다 사랑받는 분위기 속에서 자란 아이들은 조그마한 좌절에도 쉽게 꺾여 버린다. 승훈이도 성적이 떨어진 한 번의 경험으로 인해 모든 일에 자신감을 잃어버리고 비관적으로 변했다. 1등 하는 친구만 예뻐하는 선생님이 위선적으로 느껴졌고, 친구들이 바쁘다고 하면 성적이 안 좋은 자신과는 놀지 않으려 한다고 생각했다. 기말고사를 잘 봐서 성적이 잘 나오면 사람들의 대접이 또 금세 달라질 거라고 생각하니 모든 게 싫어졌다. 결국 기말고사도 망쳐서 성적은 더 떨어지고 말았다.

"중학교 때까지는 저도 공부를 잘한다는 소리만 들었거든요."

나는 이런 말을 하는 친구들이 참으로 안타깝다. 고등학교에서 소화해야 하는 공부량은 중학교의 2~3배에 달한다. 중학교 시절에 수학 공부 3시간, 국어 공부 3시간만 해도 점수가 잘 나왔다면 고등학교 때는 그 2배의 시간을 할애해도 따라갈까 말까다. 중학교 때는 벼락치기가 통했을지 몰라도 고등학교 때는 힘들다. 게다가 중학교 때 공부를 안 하던 아이들도 고등학교에 온 이상 정신 차리고 공부하게 된다. 나만큼 공부를 잘하는 아이들도 너무나 많다.

그런데 승훈이는 자신이 열심히 하지 않았다는 사실을 인정하기에 앞서 주위 사람들의 시선만 신경 쓰며 어쩔 줄을 몰라 했다. 사람들이 모두 자신에게 실망해 등을 돌렸다고 생각해 절망에 빠지고 말았다.

지금 승훈이에게 필요한 것은 달라진 환경을 받아들이고 그에 적응하는 것이다. 과거의 방식이 성공했다고 해서 환경이 바뀐 지금도 그게 통할 거라고 생각하면 오산이다. 고등학교 3년 공부는 절대적인 노력과 끈기와 의지를 필요로 한다. 더 이상 벼락치기가 통하지 않는다는 사실을 하루 빨리 깨닫고, 시험 때뿐만 아니라 평소에도 공부를 열심히 해야 한다.

옛날에 어느 왕이 현인들을 모아 놓고 모든 백성이 잘살 수 있는 성공 비결을 적어 오라고 했다. 현인들은 연구와 토론을 거듭한 끝에 성공 비결을 12권의 책으로 만들어 왕에게 바쳤다. 그러자 왕은 모든 백성에게 읽히기엔 너무 많다며 그것을 줄여 오라고 했다. 그러나 6권으로 줄여 가도 왕은 많다며 더 줄여 오라고 지시했고, 그러는 사이 책은 2권으로, 다시 1권으로 줄어들었다. 마지막엔 성공 비결이 한 페이지로 요약되었다.

그렇지만 왕은 그것도 많다며 돌려보냈다. 결국 현인들은 가장 핵심적인 글귀 한 마디만을 적어서 왕에게 바쳤다. 그때서야 왕은 비로소 "이거면 누구나 잘살 수 있을 거야"라고 흡족해 했다. 왕은 즉시 그 비결을 백성들에게 알려 실천하게 했으며 얼마 후 그 나라의 모든 백성이 잘살게 되었다고 한다. 그 비결은 도대체 무엇이었을까? 그것은 다름 아닌 "공짜는 없다"였다.

공부도 마찬가지다. 적은 노력으로 시험 성적이 잘 나오길 바란다면 그것은 공짜를 바라는 것이나 다름없다. 미안하게도 고등학교 공부에서 공짜는 없다. 중학교 때보다 노력하지 않으면 아무것도 얻을 수 없다. 키스 도나휴의 소설 《스톨른 차일드》에

심리학, 열일곱 살을 부탁해

서 아버지가 사고로 돌아가신 뒤에 가족을 책임지느라 작곡 공부를 더 하지 못했다는 헨리에게 여자 친구인 테스가 말한다.

"네 문제가 뭔지 알아? 훈련을 안 하는 거야. 훌륭한 작곡가가 되고 싶다고 하지만 한 곡도 쓰지 않잖아. 진정한 예술은 '되고 싶다'라는 헛소리가 아니라 훈련이야. 그냥 음악을 연주해 봐."

노력도 안 해 보고 지레 포기해 놓고는 남 탓을 하는 것은 옳지 않다. 이제 승훈이도 성적이 안 나오니 주위 사람들의 태도가 180도 바뀌었다고 비난하는 것을 멈추어야 한다. 지금 이 순간 승훈이에게 필요한 건 그야말로 노력뿐이다. 공부를 열심히 한 뒤에 주위 사람들을 비난해도 늦지 않다.

아무리 공부해도
성적이 안 오르는 이유는 따로 있다

태희는 얼마 전 기말고사를 치렀다. 중간고사 때 점수가 안 좋아서 이번에는 본때를 보여 주리라 마음먹고 잠도 줄여 가며 열심히 했다. 하지만 결과는 좋지 않았다. 지난번 등급이 좋지 않았던 국어와 한국사에 더 집중해서 공부했더니 국어는 한 등급 올랐지만 한국사는 여전히 같은 등급, 게다가 수학은 오히려 한 등급 떨어지고 말았다. 조금 불안하긴 했지만 크게 스트레스를 받지 않았다. 2학년 올라가서 열심히 해도 늦지 않다고 생각했기 때문이다.

고2가 되자 불안감이 더 커졌고, 그래서 엄마를 졸라 국어 학원도 다녔다. 원래 다니던 수학과 영어 학원까지 하면 학원만 3개를 다니는 셈이었다. 거의 매일 학원에 가니 집에 오면 녹초가 되어 쓰러지기 일쑤였다. 평균 4시간밖에 못 자고 다시 학교에 가야 했지만 열심히 공부하고 있다는 생각에 나름 뿌듯하기까지 했던 날들이었다. 그런데도 성적은 여전히 제자리였다. 태희는 너무 속상해서 견딜 수가 없었다.

'놀 건 다 놀고 공부하는 친구들도 있는데 도대체 나는 뭐가 문제지? 나는 왜 노력해도 안 되는 거지?'

'공부했다'의 함정에 빠지지 마라

하루 종일 책상에 앉아서 공부하는데 성적이 잘 안 나오는 아이들이 종종 있다. 수업 시간은 물론이고 쉬는 시간도 고개를 숙이고 열심히 공부하는데 성적은 늘 반에서 중간 정도다. 그런 아이들을 보면 안타깝기 그지없다. 그 아이들이야말로 '공부했다'의 함정에 빠져 있을 확률이 높기 때문이다.

심리학자 에빙하우스의 '망각률 곡선'에 따르면 우리의 기억력은 너무나 실망스러운 수준이다. 무언가를 학습했을 때 그것이 20분 뒤 머릿속에 남아 있을 확률은 58.2퍼센트, 9시간 뒤에는 35.8퍼센트, 6일 후에는 25.4퍼센트다.

그러므로 공부하고 나서 "공부 다 했다!"라고 아무리 외쳐 봐야 머릿속에 남아 있는 것은 별로 없다. 뭔가를 배우고 나서 그것을 반복하지 않으면 공부를 하나 마나 한 꼴이다. 복습이 중요한 이유는 바로 그 때문이다.

그래서 공부를 잘하는 사람들은 최대한 복습을 빨리 하고 계속 반복해서 공부하는 습관을 가지고 있다. 뭔가를 한 번 공부했다고 해서 그 공부가 끝났다고 착각하지 않는다.

단어를 외울 때도 마찬가지다. 암기는 무엇보다 횟수가 중요하다. 단어 20개를 하루에 30분씩 외우는 것보다 같은 단어를 10분간 3일 동안 외울 때 기억에 오래 남는다. 그러므로 그저 무작정 열심히 공부했다는 사실에 취할 게 아니라 내 것으로 만들기 위한 효과적인 공부를 해야 한다. 공부에도 요령이 필요한 것이다. 공부하기에 앞서 효율적인 방법을 찾는 것이 먼저다.

얼마나 오래 책상 앞에 앉아 있느냐가 중요한 것은 아니다

공부를 열심히 하는데도 성적이 안 좋은 아이들은 대부분 실제로는 공부를 열심히 하지 않았음에도 최선을 다했다고 생각한다. 그리고 이런 지적을 받으면 자신은 하루 종일 책상에 앉아서 공부만 했다고 항변한다.

하지만 공부 시간과 공부의 질은 결코 비례하지 않는다. 3시간 영어 공부하고, 3시간 수학 공부를 했다고 치자. 정말 6시간 내내 공부만 했는가? 괜한 잡생각이나 공상에 빠져 있기도 했을 테고, 화장실도 다녀왔을 테고, 다른 책을 뒤적이거나 전화 통화를 한 적도 있을 것이다. 하지만 우리는 보통 그 시간 모두를 공부한 시간으로 포함시켜 버린다.

게다가 공부한 양에 대해서도 착각을 한다. 3시간 동안 영어 공부를 하면서 문제집 5페이지밖에 못 풀었으면서도 늘 엄청난 양을 공부했다고 생각한다.

그뿐만이 아니다. 문제집을 여러 권 풀었다는 사실만으로 공부를 많이 했다며 안도하는 아이들도 있다. 새로운 문제집을 아무리 많이 풀어도 틀린 문제는 또 틀리게 마련이다. 오히려 문제집 한 권을 3번 반복해서 보는 게 여러 권을 한 번씩 보는 것보다 훨씬 낫다. 그러므로 중요한 것은 공부의 양이 아니라 공부의 질이다.

공부를 하지 않으면 안 될 이유가 있는가

부모님의 이혼으로 외할머니 밑에서 자랐으며 10대 시절에는 어려운 가정 형편으로 여러 번 전학을 다녀야 했고, 기초생활보호대상자로 지정되어 국가의 도움을 받아야 했던 박철범 씨. 그는 하루도 마음 편히 공부할 수 없는 상황이었지만 그에 굴하지 않고 끊임없이 노력하여 당당히 서울대에 합격했다. 그는 《하루라도 공부만 할 수 있다면》이라는 책을 통해 다음과 같이 말한다.

"공부에 관해서라면 내가 말하고 싶은 것은 단 한 가지다. 공부를 믿기를 바란다. 자기 자신을 믿는 것으로는 충분하지 않다. 인간은 약하기 때문이다. 대신 공부를 믿어라. 만약 공부를 연인이라 부를 수 있다면, 그(녀)는 정말 믿을 만한 연인이다. 자신이 받은 사랑은 아무리 작더라도, 반드시 되돌려주는 그러한 정직한 연인이다. 당신을 절대 배신하지 않을 것이다. 누구든 노력한 만큼의 보상을 반드시 되돌려 받을 것이다. 정말 단순한 진리인 이 사실을 믿는 믿음은 우리가 공부를 하는 과정에서 가장 큰 에너지가 된다."

그에게는 필사적으로 공부해야 하는 이유가 있었다. 좋은 학교에 진학해서 성공해야 했기 때문에 끝까지 노력했고, 자신이 원하는 성과를 얻을 수 있었다. 공부해야 한다고 하니까 억지로 떠밀려서 하는 공부는 한계에 부딪힐 수밖에 없다. 아주 사소한 이유라도 공부를 해야 하는 나만의 이유가 있을지 한번쯤 생각해 보자. 그러고 나면 공부를 대하는 태도가 달라질 것이다.

왜 나는 맨날
작심삼일일까?

준영이가 중학교 때 헬스클럽에 등록을 해놓고 2~3주 다니다 흐지부지했을 때 엄마는 "끝까지 하는 게 없다"라고 핀잔을 주었지만, 준영이는 '뭐 그럴 수도 있지' 하며 엄마가 과민 반응을 보인다고 생각했다. 그리고 지난 방학에는 몸매를 예쁘게 만들고 싶은 마음에 엄마를 졸라 필라테스 운동을 시작했는데, 똑같은 동작을 1세트에 10번씩, 3세트씩이나 반복하는 게 재미없고 지루해서 몇 번 다니다 말아버렸다.

결정적인 사건은 고1 때 벌어졌다. 아무래도 공부로는 원하는 대학에 가는 게 어렵겠다고 생각하던 차에 친구가 실용음악학원을 다닐 생각이라고 하자 '나도 예체능으로 진로를 바꿔 볼까?' 하는 생각이 들었다. 공부보단 덜 힘들 것 같고, 노래도 잘 하는 편이니 대학에 쉽게 갈 수 있을 것 같다는 계산이었다.

준영이는 마음이 급해졌다. 며칠 있으면 겨울방학인데 빨리 학원을 알아보지 않으면 수강생이 다 차 버릴 것만 같은 조바심 이 일었다. 하지만 엄마는 좀 더 신중히 생각해 보라고만 할 뿐 꼼짝을 하지 않았다. 다행히 아버지의 허락으로 다음 날 학원에 찾아가게 되었다. 그러나 아직 대학 전공으로 선택할 만큼 뛰어 난 실력이 아니니 일단 취미반에서 시작해 보자는 원장님의 말 에 한껏 부풀었던 마음이 이내 꺾이고 말았다. 노래 한 곡을 부 르는 데도 그렇게 수많은 연습이 필요하다는 사실을 몰랐던 준 영이는 학원 다니는 게 재미없어지기 시작했다. 엄마의 반대를 무릅쓰고 등록한 거라 눈치가 보이긴 하지만 계속 다니자니 생 각만 해도 지루한 게 사실이다. 이쯤 되자 준영이는 '난 왜 이렇 게 끈기가 없고 싫증을 잘 낼까? 이래 가지고 나중에 뭐가 될 수 있을까?'라는 생각이 들면서 마음이 괴로웠다.

과학적으로 봤을 때 열일곱 살의 뇌는 새로운 자극을 원하는 특징이 있다. 초기 성인기가 되어야 뇌 발달이 일단락되므로 그 때까지 우리의 뇌는 계속 새로운 자극을 받아서 뇌세포를 다양 하게 발달시키고자 노력한다. 그래서 열일곱은 단순한 반복에 빨리 싫증이 난다. 뇌가 새로운 것을 원하고 싫증을 잘 내기 때 문에 어른들처럼 헬스클럽에 1년 등록해 놓고 꾸준히 다니기가 쉽지 않은 것이다. 그러니 싫증이 난다고 해서 스스로에게 너무 실망할 필요는 없다. 그럴 수도 있다고 내 마음을 먼저 이해해 주어야 한다.

하지만 준영이처럼 너무 자주 싫증을 내고, 조금 해 보다가 안 될 것 같으면 쉽게 포기해 버리는 게 습관이 된다면, 그래서 뭘 해도 스스로를 믿지 못하게 된다면 그것은 문제가 있다.

준영이는 '만족 유보 능력'이 모자란다고 볼 수 있다. 만족 유보 능력이란 미래에 얻을 수 있는 더 큰 가치를 위해 당장의 욕구나 만족을 참아 내는 것을 말한다. 이 능력이 떨어지면 눈앞의 유혹을 견디지 못하고, 조금의 고통이나 어려움도 참아 내지 못한다. 그래서 결국 목표를 이루지 못하게 된다.

'작은 성공'의 경험이 중요하다

사람은 자신이 정한 목표를 이룰 때 성취감을 느낀다. 이때 뇌에서 도파민이라는 신경전달물질이 분비되는데 이는 사람에게 단순한 쾌락 이상의 기쁨을 선사한다. 그 어느 것과도 바꿀 수 없는 최고의 순간을 경험하게 되는 것이다. 그래서 한번 이 기쁨을 알게 되면 그 희열감이 주는 중독성 때문에 다시금 새로운 도전을 하게 된다. 목표나 꿈을 이루었을 때의 기쁨을 아는 이에게는 그 자체가 동기부여가 되는 셈이다.

준영이에게 지금 필요한 것은 그게 아무리 작은 성공일지라도 꾸준히 노력해서 목표를 이루었을 때의 성취감을 맛보는 것이다. 그러기 위해서는 처음부터 너무 무리한 목표를 세우기보다 실현 가능한 목표를 세우는 게 중요하다. 심리학자들은 달성 가능성이 높은 목표를 세우고자 한다면 스마트(SMART) 규칙을 사용하라고 권한다. 구체적이고(Specific), 측정 가능하며(Measurable), 행위 중심적이고(Action-oriented), 현실적이며(Realistic), 적절한 시간 배정(Timely)을 해야 한다는 뜻이다. 이를테면 '수학 실력을 높인다'는 막연한 목표 대신 '언제 어디서 무엇을 어떻게 얼마나' 할 것이지 구체적으로 목표를 세워야 한다. 다이어트가 목표라면 '날씬해진다'라는 측정 불가능한 목표 대신 '3킬로그램을 줄인다'는 측정 가능한 목표를 세우는 게 낫다. 또한 '용돈을 아껴 써야지'라는 사고 중심적인 목표보다는 '일주일에 2천 원씩 절약해야지'라는 행위 중심적인 목표가 좋다.

한편 한 달에 10킬로그램을 빼겠다는 목표는 실현 불가능하지만 한 달에 1킬로그램씩 뺀다는 목표를 세우면 부담이 없으면서 도전할 마음이 생기게 된다. 마지막으로 적절한 시간 배정이 필요한데 이때 마감 날짜를 정해 두되 그 시간을 너무 짧게 잡거나 너무 길게 잡으면 안 된다.

이처럼 스마트 규칙에 따라 도전 가능한 목표를 세우면 성공할 확률이 높아진다. 내가 원하는 방향으로 나를 바꾼 경험을 처음으로 갖게 되는 것이다. 성공의 기쁨을 알게 되면 또 다른 성공을 하고 싶다는 욕구가 생긴다. 그러다 보면 언젠가 커다란 목표를 세우고 실천하는 것도 가능해진다. 특히나 '아무것도 기대하지 않으면 실망도 하지 않을 테니 그게 더 나아'라고 여기며 목표를 세우는 것 자체를 회피하는 상황에 있다면 작은 성공의 기쁨을 맛보는 것이 매우 효과적이다.

보상물에 집착하지 마라

심리학 실험 중에 '마시멜로 실험'이 있는데 핵심은 다음과 같다. 아이 앞에 마시멜로와 사탕을 두고, 실험자가 다시 돌아올 때까지 참고 기다리면 두 가지 모두를 준다고 약속한다. 도저히 기다리지 못하겠을 때 앞에 있는 벨을 누르면 그 즉시 실험자가 돌아와 둘 중 한 가지만 주겠다고 설명한 뒤, 아이를 혼자 남겨 두고 나간다. 아이 입장에서 보면 먹고 싶은 유혹을 뿌리치고 기다리면 더 큰 만족을 얻을 수 있다.

이 실험 결과 마시멜로의 유혹을 견딘 아이들은 주변에 있는 다른 장난감을 만지작거리거나, 아예 고개를 하늘로 쳐들고 마시멜로와 사탕 자체를 쳐다보지 않으려 했다. 보상으로 주어지는 마시멜로를 애써 외면한 것이다.

우리는 보통 다이어트를 한다고 할 경우 그로 인해 얻게 되는 날씬한 몸매를 떠올리며 먹고 싶은 것을 참는다. 하지만 보상물인 날씬한 몸매에 집착하게 되면 다이어트 실패에 대한 두려움이 커지면서 먹고 싶은 유혹을 참아야 하는 시간도 더욱 길게만 느껴진다. 그러다 '과연 내가 날씬해지는 순간이 오기는 하는 걸까?'라는 회의에 빠질 수도 있다. 마시멜로의 유혹을 견딜 때도 마찬가지다. 마시멜로를 계속 보고 있었다면 오히려 더 못 견뎠을 것이다.

그러므로 일단 목표가 확실하고 그에 따른 실행 방법을 구체적으로 정했으면, 목표를 달성했을 시에 얻게 될 보상물에는 크게 연연하지 않는 것이 좋다. 더구나 보상에 집착하게 되면 보상에 익숙해져 나중에는 웬만한 방법으로는 꿈쩍하지 않게 될 확률이 높다.

그럼에도 작심삼일이라는 지긋지긋한 습관에서 벗어나기란 쉽지 않을 것이다. 자신과의 싸움이 가장 어려운 법이니까. 그럴수록 딱 한 번이라도 작심삼일에서 벗어나 원하는 것을 이루는 경험이 매우 중요하다.

도서관에 가면
공부가 잘되는 건 기분 탓일까?

집에 있을 때는 왠지 집중이 안 되고 방 밖에서 가족들이 나누
는 대화 하나에도 신경이 쓰이기 쉽다. 하지만 도서관에 가면 집
중도 잘되고 공부를 많이 한 것 같아 마음이 뿌듯하다. 왜 그럴까?

미국의 트리플렛이라는 심리학자는 1989년에 재미있는 사실을
발견했다. 자전거 경주 선수들이 혼자 연습할 때보다 다른 선수들
과 함께 연습할 때의 기록이 훨씬 좋은 것이었다. 그는 같은 일을
하더라도 옆에 다른 사람이 있는 것과 없는 것은 결과의 차이를
가져온다는 자신의 생각을 입증하기 위해 다른 실험을 했다. 어린
아이들에게 낚싯줄을 나눠 주고 최대한 빨리 감게 했다. 이때 혼
자서 낚싯줄을 감는 아이들과 2명씩 하는 아이들의 결과를 따로
측정했다. 감는 속도를 비교해 보니 2명이 함께 한 경우가 혼자서
낚싯줄을 감은 경우보다 훨씬 빨리 감았다.

트리플렛은 이 실험을 통해 혼자 했을 때보다 여러 사람이 함
께 했을 때 일의 수행 능력이 더 높게 나타난다고 보고 '사회적 촉
진 현상'이라고 이름 붙였다. 즉, 옆에 다른 누군가가 있는 것만으

로도 상대방을 의식하게 되어 일을 더 잘할 수 있게 되는 것이다. 도서관에 가면 공부가 잘되는 이유도 이와 같다. 대놓고 비교하고 경쟁을 시키는 것은 역효과를 내기 쉽지만 도서관은 자발적으로 모여 공부를 하는 공간이기 때문에 자신도 모르게 열심히 공부하게 된다.

반대로 옆에서 누가 지켜보면 그것이 부담스러워 일을 잘 못하는 경우도 있다. 시험 시간에 선생님이 바로 내 옆에서 지켜보고 있으면 마음이 불안해서 안 하던 실수를 한 경험이 누구나 한 번씩은 있지 않은가? 이런 경우를 '사회적 억제 현상'이라고 한다.

만약 집중이 잘되지 않아 괴롭다면 괜히 집에서 고민하지 말고 도서관으로 나가 보자. 사람들 속에서 공부를 하다 보면 저절로 집중이 되어 능률도 오를 것이다.

사소한 것이라도
나만의 공부법이 있어야 하는 이유

공부를 잘 못하는 아이들에게 물어보면 모두 공통적으로 하는 말.

"지금까지 혼자서 제대로 공부를 해 본 적이 한 번도 없는 것 같아요."

초등학교, 중학교까지는 학교에서 혹은 학원에서 시키는 것만 잘해도 성적을 잘 받을 수 있다. 그러나 고등학교에서는 누군가 시키는 것, 알려 주는 것만 해서는 절대로 성적이 잘 나오지 않는다. 학원 4~5개를 다니면서도 성적이 중하위권인 아이들이 태반이다.

거기다 갈수록 엄마가 짜 준 스케줄에 따라 이리저리 학원에

끌려다니는 식으로 공부하는 아이들이 점점 많아지고 있다. 엄마들은 "우리 애가 뭐가 부족한지는 내가 제일 잘 안다", "어디학원이 잘 가르친다더라" 하면서 치밀하게 계획을 짠다. 그러면아이는 그에 따라 지금은 수학 과외, 다음은 내신 종합반 하는식으로 주어진 공부를 한다.

그런데 이렇게 되면 공부를 하는 주체인 열일곱 살 아이는공부 주도권을 잃게 된다. 아무리 엄마가 제일 잘 안다고 해도그건 어디까지나 어렸을 때의 이야기다. 고등학생 정도가 되면무엇이 부족하고 어디에서 많이 틀리는지는 본인이 제일 잘 아는 법이다. 어디에 집중할지, 시간을 어떻게 배분할지 공부 계획을 짜고, 실행에 옮기는 연습을 해야 자신만의 호흡을 잃지않고 공부를 할 수 있다.

남들이 좋다더라, 이렇게 한다더라 하는 방법만 무작정 따르는 공부는 노력 대비 효율이 떨어져서 자꾸 실패하고 포기하게만든다. 민경이가 바로 그 케이스였다.

"선생님, 저는 왜 노력해도 안 될까요?"

"어떻게 했는데?"

"요즘 아이돌들은 매일 하루에 10시간씩 춤 연습하고 4~5시간씩 노래 연습한대요. 거기다 영어도 잘하잖아요. 틈틈이 영어공부도 엄청 열심히 하겠죠."

"그런데?"

"저도 똑같이 해 보려고 지난 주말에 4시간만 자고 하루 종일 공부만 했거든요. 그랬다가 월요일 화요일 연달아서 이틀이나 학교에서 잠만 갔다니까요."

누군가 그런 방법으로 성공했다고 해서 민경이도 똑같은 방법으로 성공할 수 있는 것은 아니다. 왜냐하면 사람마다 자신에게 맞는 공부법이 따로 있기 때문이다.

누구나 자신만의 속도를 가지고 있다

예전에 나에게 상담 치료를 받던 환자 중에 고등학교에서 사회 과목을 가르치는 교사가 있었다. 그분은 스트레스로 인한 불면증에 시달리고 있었는데, 상담 때마다 자신이 동료 교사에 비해 능력이 부족한 것 같다는 이야기를 많이 했다. 이를테면 동료 교사들은 학습 진도가 빨리 나가는데 자신이 담당한 학급은 늘 진도가 뒤처진다는 것, 다른 교사들은 제시간에 퇴근하는데 자신은 주어진 서류 업무를 마치려면 1시간씩 늦게 퇴근할 수밖에 없는 것, 학년 성적 처리를 담당하고 있는데 신속하게 처리하지 못해 주말에도 학교에 나가서 일해야 하는 것 등이었다.

그러던 어느 날 그녀는 자기만큼이나 일 처리가 빠르지 못한 동료 교사가 커피 한 잔을 마시며 즐겁게 일하는 모습을 보게 되었다. 일하는 속도가 느려서 스트레스받지 않느냐고 물어봤더니 그가 "좀 느려도 저는 저만의 스피드가 있어요"라며 씩 웃더란다. 그 말에 그녀는 마치 한 줄기 빛을 본 듯한 느낌이 들었다고 했다.

'맞아, 어떻게 사람이 다 똑같은 속도로 일하겠어. 나도 나만의 속도로 일해야지. 시간이 모자라면 주말에 잠깐 나와서 일하지 뭐. 대신 나는 다른 교사들보다 실수가 없는 편이잖아. 그건 정말 큰 장점이지.'

그 후로 그녀의 불면증이 사라진 것은 물론이다.

야간 자율 학습 시간, 문득 고개를 들어 무언가를 열심히 공부하는 친구들을 보면 숨이 턱 막힌다. 나는 도통 안 풀리는 문제를 친구가 1분도 안 걸려서 풀면 김이 새기도 한다. 나와 비슷하게 공부하는 것 같은데 늘 성적이 잘 나오는 친구를 보면 언제 따라잡나 싶어 한숨이 절로 난다. 그래서 자꾸만 조급해지고 초조해진다. 하지만 민경이처럼 대단한(?) 비법을 무작정 따라한다고 며칠 만에 성적이 오르는 건 아니다. 게다가 따라하다 잘 안 되면 공부가 더 싫어져 공부로부터 점점 더 멀어지게 된다. 그러므로 공부를 잘하고 싶다면 앞의 사회 선생님처럼 나에게는 나만의 속도가 있다고 생각하고 조급함부터 버려야 한다.

나만의 공부법, 어떻게 찾아야 할까?

어렸을 때부터 산만한 아이, 잠이 많은 아이, 아침에 잘 못 일어나는 아이, 학원을 다닐 형편이 안 되는 아이, 소심해서 질문을 못하는 아이 등등 우리는 나고 자란 환경도, 성격도 모두 다르다. 모든 사람에게 맞는 공부 비법이란 없다. 그리고 나에게 가장 맞는 비법은 나만이 알고 있다.

결국 중요한 것은 일단 해 봐야 한다는 것이다. 나만의 공부법은 무수한 시행착오를 반복해야 스스로 발견할 수 있다. 나의 경우 시험 3~4일 전에 분명히 열심히 외웠는데 막상 시험 시간에 아무것도 생각이 나지 않아 몇 번 낭패를 당한 적이 있었다. '어떻게 하면 될까?' 고민하던 나는 이런저런 방법을 써 봤다. 그러다 학습 내용을 요약해 놓고 시험 보기 전날 20번 이상 읽었더니 시험 성적이 잘 나왔다. 성적표를 받아 들었을 때 얼마나 기뻤던지.

자신에게 잘 맞는 공부법을 찾아내 성적이 오르면 공부가 즐거워진다. 성적이 잘 나오면 그 기쁨에 다시 책을 펴게도 된다. 그러므로 나만의 공부 요령이 생길 때까지 무엇이든 해 보는 수밖에 없다. 이때 조심할 것은 무작정 덤비지 말고, 효율적인 방법을 찾기 위해 끊임없이 고민해야 한다는 것이다. 왜 그 공부법은 나와 맞지 않는지, 그렇다면 나는 어떤 것에 약하고 어떤 것에 강한지 파악해 보자. 그렇게 수많은 착오를 통해 찾아낸 나만의 공부법은 나중에 그 어떤 공부를 하든 잘할 수 있게 만들어 준다. 마지막으로 다중지능의 창사자인 하워드 가드너의 말을 기억하라.

"당신이 축복받았건 저주받았건 다른 사람과 비교해서 당신의 독특한 점을 찾아내 그것을 최대한 이용하라. 그리고 많은 경험을 쌓아라. 그것이 자신에게 소중한 것이 되기도 하고 자신을 자극할 수도 있다."

심리학, 열일곱 살을 부탁해

열등감은 성공의 에너지가
될 수도 있다

흑인 아버지와 미국인 백인 어머니 사이에서 태어난 한 혼혈아가 있었다. 그 소년이 두 살 때 부모님은 이혼을 했고, 아버지는 그의 고향인 케냐로 돌아갔다. 소년은 초등학교 5학년 때 하와이에 있는 외조부네 집에서 살게 되었다. 소년은 흑인도 백인도 아니었지만 학교에서 늘 흑인 대접을 받았다. 백인 아이들은 흑인 아이들을 대놓고 괴롭히지는 않았지만 그렇다고 친구처럼 대하지도 않았다. 그 안에서 소년은 늘 고립감과 소외감에 시달려야 했다.

그러던 어느 날이었다. 외할머니가 버스를 기다리는데 한 남자가 돈을 요구했다. 그런데 외할머니는 낯선 남자가 돈을 요구

했다는 사실보다 그 사람이 흑인이라는 사실을 더 두려워했다. 순간 소년은 가슴이 쿵 내려앉았다. 자신과 피부색이 같은 사람들이 자신이 사랑하는 사람들에게 공포의 대상이라는 사실을 너무나 뼈아프게 느껴야 했기 때문이다. 이러한 세상의 편견과 차별로 인해 그의 청소년기는 혼란과 방황 그 자체였다.

"마약중독자, 술고래. 그게 바로 나였다. 더 치명적이었던 건 내가 흑인이라는 사실이었다. 내가 얼마나 멋진 녀석인지를 보여주기 위해 마약을 한 건 결코 아니었다. 내 머릿속에 자리 잡고 있는 '나는 누구인가?'라는 질문을 지우기 위해, 내 기억들을 흐리게 하여 가슴에 영원한 평안함을 찾기 위해 마약에 의존했다."

《열등감을 희망으로 바꾼 오바마 이야기》에 나오는 미국의 44대 대통령 버락 오바마의 이야기다. 그는 어린 시절 내내 자신이 어찌할 수 없는 환경 때문에 열등감에 시달려야만 했다. 그런데 어떻게 그가 미국 최초의 흑인 대통령이 될 수 있었을까?

열등감이란 다른 사람에 비해 자기는 뒤떨어졌다거나 능력이 없다고 생각하는 만성적인 감정 또는 의식을 말한다. 심리학자인 융은 단어 연상 기법을 통해 열등감을 찾아냈는데 그 방식은 다음과 같다. 사람들에게 미리 준비한 여러 가지 단어를 불러 주고 그 단어를 들으면 연상되는 다른 단어를 대답하게 한다. 이때 사람들이 잘 대답하다가 어떤 단어를 들으면 갑자기

호흡이 가빠지거나, 다른 단어들에 비해 연상 반응이 아주 느리거나, 연상되는 다른 단어가 없다고 대답하는데 바로 그것이 열등감과 관계되어 있음을 밝혀낸 것이다.

그런데 심리학자 아들러에 의하면 우리는 부족함을 느껴야 그것을 보완하기 위해 노력하면서 성장하게 된다. 실제로 어린 시절 풍족한 환경에서 자란 사람은 어른이 되어 별다른 성공을 거두지 못하는 반면 부족한 것투성이인 어려운 환경에서 자란 사람이 커다란 성공을 하는 경우가 꽤 있다. 그래서 아들러는 열등감이 오히려 자기 계발과 자아 발전의 계기를 만들어 준다고 주장했다.

그런 의미에서 보자면 오바마가 초등학교 3학년 때 꿈에 대해 쓴 글에서 어느 나라의 대통령이 될지는 정하지 않았지만 대통령이 되고 싶다고 쓴 건 우연이 아니다. 그는 대통령이 되고 싶은 이유를 모두를 행복하게 만들고 싶고, 가난한 사람과 부유한 사람, 약한 사람과 강한 사람, 그리고 피부색에 관계 없이 모두 잘 어울려 살아가는 세상을 만들고 싶기 때문이라고 밝혔다. 즉 피부색으로 인해 열등감에 시달리며 고통받았던 경험이 오히려 대통령이 되겠다는 꿈을 키우게 만든 것이다.

그러므로 열등감에 사로잡혀 너무 괴로워하지 마라. 따지고 보면 열등감이 전혀 없는 사람은 없다. 누구나 조금씩은 열등감을 가지고 있다. 다만 그 정도에 차이가 있을 뿐이다.

76세에 영화 〈미나리〉로 아카데미 여우조연상을 수상한 배우 윤여정. 그는 인터뷰에서 이렇게 말했다. "열등의식에서 시작된 것 같아요. 전 연기 전공자도 아니고 연극배우 출신도 아닌 그냥 아르바이트처럼 연기를 시작했어요. 제 약점을 아니까 열심히 외우는 거죠. 피해는 주지 말자고 생각했어요. 늘 죽어라 열심히 하는 수밖에 없었습니다."

연기를 한 지 50년이 훌쩍 넘은 대배우에게도 연기를 제대로 배우지 못했다는 열등감이 있었다니. 그렇지만 자신의 약점을 스스로 인정하고 평생에 걸친 노력으로 극복한 그 모습이 정말로 멋져 보였다. 사실 남에게 보이기 싫은 약점이나 열등감을 인정하기란 쉬운 일이 아니지 않은가.

아무리 열등감이 성공의 에너지가 될 수 있다고 말해도 열등감에서 벗어나기란 쉽지 않다. 하지만 열등감이 심하면 시간이 갈수록 위축되고 자신감을 잃게 되어 나중에는 아무것도 할 수 없게 된다. 열등감의 노예가 되어 불행한 삶을 살게 되는 것이다. 열등감에게 지배당하지 마라. 지금부터라도 누구에게나 말 못할 열등감이 있다는 사실을 기억하고 조금은 편안해졌으면 좋겠다. 그리고 자신의 약점과 단점을 있는 그대로 인정하고 나면 문제 될 것은 없다. 누군가 말했듯 스스로 알고 있는 약점은 더 이상 약점이 아니니까 말이다. 앞으로 부족한 것을 채우기 위해 최선을 다하면 되니까 말이다.

왜 공부를 해야 하느냐고 묻는
아이들에게

개중에는 공부만 하면 됐던 학창 시절이 그립다며 그때로 돌아가고 싶다고 말하는 어른들이 있다. 많은 시간이 흘러 좋은 기억만 남아서 그런지 모르겠지만 10대 시절 과연 우리가 편하게 공부만 했을까? 공부하라고 말하는 어른들을 미워하고, 조금만 안 해도 금세 떨어지는 성적 때문에 스트레스를 받고, 부모님 혹은 선생님, 친구들과 상처 주고 상처받기를 반복했던 그때……. 물론 즐거운 기억도 많다. 하지만 그때 받은 성적 스트레스를 생각하면 그 시절로 돌아가고 싶은 마음이 추호도 없다.

공부란 원래 학문이나 기술을 배우고 익히는 것이니 그것 자체로는 참으로 가치 있는 일임에 틀림없다. 그리고 시험도 내가 무엇을 잘 이해했고, 무엇이 부족한지 확인하는 과정이라고만 생각한다면 스트레스받을 일만은 아니다. 하지만 대학 입시는 공부를 싫어하게 만든다. 성적이 잘 나오면 사랑받고, 성적이 별로면 존재조차 희미해지는 교실에서 과연 공부가 정말 좋아서 하는 아이가 얼마나 될까?

여성가족부에서 발표한 통계에 따르면 우리나라 중고등학생 10명 중 4명은 평상시에도 심한 스트레스를 느끼며, 최근 1년 중 일상생활을 중단할 정도의 우울감을 느꼈다고 대답한 비율도 30퍼센트에 육박했다. 그리고 누구나 예상할 수 있듯이 절반에 가까운 학생들이 가장 고민하는 문제로 공부를 꼽았다. 즐겁기는커녕 이렇게 스트레스만 받는 공부를 왜 해야 할까? 대학에 가기 위해서? 그러면 대학을 가지 않으면 공부를 안 해도 되는 건가?

종종 10대들은 나에게 묻는다. 학창 시절 공부한 것들이 사는 데 도움이 되냐고. 참 난감한 질문이다. 그도 그럴 것이 수학 시간에 풀었던 어려운 문제들은 일상생활에서 거의 쓸모가 없다. 3차 방정식이나 미분, 적분이 무슨 필요가 있겠는가. 그저 돈 계산 정도 할 수 있으면 사는 데 별 지장 없다. 국어 시간에 배운 시와 고전문학, 과학 공식들은 잊어버린 지 오래다. 그래도 밥벌이하며 잘살고 있다. 그럼에도 나는 자신 있게 대답한다. 사는 데 도움이 되었다고 말이다.

죽어도 안 외워지는 영어 단어를 온전히 내 것으로 만들기 위해 노력하는 과정에서 어떤 일이든 더 효율적인 방법을 찾아야 함을 배웠고, 안 풀리는 수학 문제를 붙잡고 1시간 내내 씨름하다 결국 해답을 찾는 과정에서 하면 안 될 것 없다는 자신감을 얻었고, 졸린 눈을 비벼 가며 잠의 유혹을 뿌리치는 과정에서 당장의 만족을 위해서 자고 싶지만 더 큰 것을 얻기 위해서는 참아야 한다는 사실을 배웠다. 또한 열심히 했는데도 시험 결과가 잘 안 나올 때가 있듯, 인생에도 그런 순간이 있다는 사실도 배웠다. 성적을 잘 받고 싶은 성취 지향적인 생각과 친구들과 어울리고 싶은 관계 지향적인 생각 사이에서 갈등하며 삶의 균형을 배울 수 있었다. 그러므로 나는 입시 공부 그 자체보다 공부를 하는 과정에서 인생을 어떻게 살아야 할지를 배운 셈이다.

지금은 오로지 시험을 위해, 대학 입학을 목표로 공부하고 있기 때문에 힘들고 괴롭기만 한 과정처럼 느껴질 것이다. 공부를 잘해야만 성공할 수 있는 시대도 아니다. 그럼에도 목표를 달성하려면 어떻게 해야 더 좋은 결과를 낼 수 있을지 고민하고, 힘든 시간을 참고 견디는 끈기를 기르는 태도는 학교를 다니는 지금 이 시절에 꼭 길러 두어야만 한다. 즉, 무언가를 배우고 노력하는 태도를 배우는 것이 공부 그 자체다.

공부를 하기 위해 최선을 다하는 과정에서 어떻게 인생을 살아가야 할지 배울 수 있다면, 까짓것 공부 한번 해 볼 만하지 않겠는가? 그저 원수 같은 공부로부터 도망치고 싶은 마음뿐이라면 절대 그러지 마라. 열심히 공부해서 좋은 대학에 가는 길을 택하지 않아도 좋다. 춤을 추든, 영화를 만들든, 빵을 만들든 모두 마찬가지다. 공부 그 자체가 아니라 공부하는 태도를 빼놓고서는 아무것도 이룰 수 없다는 사실만큼은 잊지 않기를 바란다.

심리학, 열일곱 살을 부탁해

10대가 '덕질'에
빠지는 이유

 요즘은 유치원에 다니는 아이부터 시작해서 수능을 준비하는 고3까지도 연예인을 줄줄 꿰고 그들의 일거수일투족에 관심이 많으며 심지어 자기 자신이 연예인이 되기를 원한다. 이제는 나이를 불문하고 누나 팬, 삼촌 팬, 아줌마 팬까지 생겨났지만 그중에서도 유독 10대들이 연예인을 좋아하는 이유는 무엇일까?

 가장 큰 이유는 자신에 대해 확신이 없고 고민이 많은 10대가 숨 막힐 듯한 현실에서 벗어나기에 가장 쉽고, 가장 강력한 도구가 연예인이라는 데 있다. 살다 보면 인생이 10대에 결정되는 것이 아님을 금세 알 수 있지만 대다수의 10대는 지금 당장 무엇인가를 결정하고 이루어야 할 것 같은 조바심에 불안을 느낀다. 그런데 어린 나이에 연예계에 데뷔하여 멋진 무대에 오른 연예인들을 보면 현재의 좌절과 불안이 잊혀지고 더 나아가 이상화된 자기 자신으로 받아들이게 된다. 자기가 좋아하는 가수를 1등으로 만들기 위해 경쟁적으로 투표에 참여한다든가, 누군가 그 연예인을 조금이라도 비하하는 듯한 말을 했을 때 다른 팬층에 비해 유달리

예민하게 반응하는 것은 바로 이 때문이다. 즉, 연예인과 자기 자신을 동일시하고 자신의 좌절을 스타의 성공으로 보상받으려 하는 것이다.

또한 일반적인 발달 과정에서 청소년기에는 강박적 경향성이 나타나곤 한다. 강박증 환자까지는 아니지만, 자기가 좋아하는 분야의 물건을 열심히 수집하는 것이 그것이다. 우표, 연예인 책받침, 잡지, 음반 등 시대와 취향에 따라 조금씩 달라질 뿐 좋아하는 것에 몰두하면서 '다른 사람보다 내가 더 많이 안다, 더 많이 모았다'라는 만족감을 느끼는 것은 동일하다.

한때는 10대들의 열광적인 연예인 사랑을 염려스럽게 바라보는 어른들이 많았다. 하지만 이제는 아이와 콘서트를 보러 가고, 굿즈를 모으며 함께 덕질하는 부모들도 꽤 많이 보인다. 나 역시 그다지 걱정하지 않는다. 인생을 살면서 자신의 걱정과 불안이 별 게 아님을 깨닫고, 어려움을 넘어서 성취를 맛보는 경험들을 하게 되면 자신과 스타가 한 몸인 것처럼 생각하는 동일시는 점차 사라지기 때문이다. 오히려 도만 지나치지 않는다면 공부를 잊고 잠시나마 즐거움을 만끽하는 스트레스 해소 방법이 되고, 부모와의 관계에도 좋은 영향을 준다.

슬럼프에서
빠져나올 수가 없어요

무조건 공부가 싫어질 때가 있다. 그때면 어김없이 찾아오는 슬럼프. 슬럼프란 성적이 정체되어 있는 시간이 길어지거나 오히려 떨어지면서 공부할 의욕을 잃어버리고 책이 손에 잡히지 않는 상태를 말한다. 심신이 피곤하고, 공연히 짜증이 나며, 공부에 대한 회의가 들기도 한다. 그때는 학원을 옮기고, 새로운 공부 비법이 담겨 있는 책을 읽어 봐도 자극을 받기는커녕 아무것도 하기가 싫어진다. 게다가 슬럼프가 반복되거나, 해결이 안 될 경우 슬럼프 자체가 공포의 대상이 되어 버린다. 슬럼프에 빠져서 헤어 나오지 못할까 봐 두렵고, 지쳐서 모든 걸 포기해 버릴까 봐 두려워지는 것이다.

그러나 참으로 다행인 건 나뿐만 아니라 누구나 슬럼프를 겪는다는 사실이다. 아무리 공부를 잘하는 사람도 슬럼프에 빠져 허우적댈 때가 있다. 다만 기간과 정도의 차이가 있을 뿐이다. 그렇다면 어떻게 해야 슬럼프에서 빨리 벗어날 수가 있을까?

1. 슬럼프를 받아들여라

슬럼프에 빠지면 매사에 부정적으로 반응하기 쉬운데 그럴 때일수록 조급한 마음을 버리고 나를 다독일 수 있어야 한다. 시인 로버트 프로스트는 "그곳을 빠져나가는 최선의 방법은 그곳을 거쳐 가는 것이다"라고 말했다. 슬럼프를 극복하려면 우선 슬럼프라는 존재부터 인정할 수 있어야 한다. 그럴 시간이 없는데 슬럼프에 빠졌다고 생각하면 마음만 초조해지면서 슬럼프를 벗어나기 힘들어진다.

슬럼프가 생기는 이유는 다양하다. 구체적인 목표가 없거나 의욕을 불러일으킬 만한 동기부여가 제대로 안 되어 있기 때문일 수 있고, 부모나 친구와의 갈등이 커서 공부가 손에 안 잡힐 수도 있다. 어떠한 이유로든 슬럼프는 지금 삶에 문제가 있음을 알려 주는 신호다. 그러므로 마음속에서 보내오는 그 신호에 귀를 기울여야 한다. 지금이야말로 일이 안 풀리고 있는데도 계속 고집해 온 어떤 행동을 고칠 좋은 기회다.

심리학, 열일곱 살을 부탁해

2. 포기하지만 않으면 된다

언어를 배울 때 처음에는 굉장히 빠른 속도로 배운다. 하지만 몇 개월이 지나고 나면 지지부진 속도가 나지 않고 정체되어 있는 느낌을 받게 된다. 그러다 어느 순간 다시금 실력이 향상된다. 학습 곡선에 따르면 모든 학습 과정에서 그래프는 가파르게 상승하다 중간에 한참 동안 정체된 구간을 거친 뒤 다시 쭉 상승하는 모습을 보인다.

이처럼 누구에게나 일정 기간 아무리 노력해도 학습 효과가 나타나지 않을 때가 있는데, 이 시기에 슬럼프를 겪는 사람이 많다. 열심히 노력해도 눈앞의 성과가 없으니 포기하고픈 생각이 드는 것도 당연하다. 그러나 그런 생각이 강해진다는 것은 다시 학습 효과가 나타나는 시기가 임박했음을 뜻한다. 포기하고픈 마음을 조금만 더 다스리면 좋은 결과를 얻을 수 있다.

그럴 때는 내가 지금 당장 할 수 있고, 하면 기분이 좋을 것 같은 단기 목표를 세우는 것도 방법이다. 아무리 걸어도 산 정상이 저기 멀리 있다고 생각하면 벌써 지쳐서 한 발자국도 움직일 수 없게 된다. '나는 할 수 없을 것 같다'라는 생각을 하게 만드는 목표 대신 달성 가능하고 즐거운 단기 목표를 세워라. 그리고 그것을 이룬 내 모습을 상상하며 스스로를 격려하라. 공부하는 장소를 확 바꿔 봐도 좋다. 그런 작은 변화의 몸짓들이 때로는 생각지도 못한 좋은 결과를 가져오기도 하니까 말이다.

아무리 공부를 해도 능률이 오르지 않고, 짜증만 늘어난다면 지금 무엇보다 휴식이 필요한 상태일 수 있다. 그런데 고등학생들은 하루를 놀면 마치 성적이 당장 떨어지기라도 할 것처럼 휴식에 인색하고 늘 수면 부족 상태에 시달린다. 하지만 피곤한 몸을 붙들고 공부를 해 봐야 능률은 오르지 않는다. 피곤한 두뇌는 정체 상태에 빠져 틀린 답을 고를 확률이 높고, 창조적인 해결책을 생각해 내지 못하며, 이미 틀렸다는 것을 알고 있으면서도 계속 오답으로 되돌아가는 경향을 보이기 때문이다. 피곤하면 그만큼 학습 능력도 떨어지는 셈이다.

미네소타대학교의 카일라 왈스트롬 박사가 고등학생 7천 명을 대상으로 수면 습관과 성적에 대한 설문조사를 실시한 결과, A학점을 받은 학생이 B학점을 받은 학생보다 평균 15분을 더 잔다고 보고했다. 즉 보다 효율적인 공부를 위해서라도 적극적인 휴식이 필요하다.

게다가 슬럼프가 찾아왔다는 것은 그만큼 피로가 누적되어 있다는 뜻이다. 이때만이라도 만사를 제쳐 놓고 공부와 전혀 상관없는 활동을 하며 휴식을 취할 필요가 있다. 마냥 늘어져서 쉬라는 말이 아니라, 내게 제일 효과가 좋은 휴식법을 찾아 적극적으로 쉬라는 뜻이다. 가족들과 짧은 여행을 다녀와도 좋고, 서점에 가서 공부와 상관없는 책을 잔뜩 사서 읽는 것도 좋다. 그처럼 공부와 떨어져서 다른 경험을 하고 나면 공부할 의욕도

새롭게 생길 것이다. 잠을 푹 자고 나면 개운해서 공부도 더 잘 되는 것처럼 말이다. 인류 역사상 가장 창조적인 사람으로 꼽히는 레오나르도 다빈치도 말했다.

"가끔씩 일에서 벗어나 휴식을 가져야 한다. 일에만 몰두하다 보면 판단력을 잃어버리기 때문이다. 잠시 동안이라도 일과 거리를 두고 지켜보아라. 자기 삶의 조화와 균형이 얼마나 깨져 있는지, 어떻게 회복해야 하는지 분명하게 보일 것이다."

슬럼프가 찾아왔을 때 더 이상 두려워하지 마라. 나 또한 학창 시절 여러 번의 슬럼프를 겪은 사람으로서 말할 수 있는 것은 슬럼프는 언젠가 끝난다는 것이다. 슬럼프에 빠져 있을 때는 끝이 안 보이고 괴로워 죽을 것 같지만 정말로 끝은 온다.

실패를 두려워하는
완벽주의자들에게

세상에 자전거를 배우면서 한 번도 넘어지지 않은 사람이 있을까? 인라인스케이트를 배울 때 무릎이 까지고 팔에 멍이 드는 일 없이 처음부터 잘한 사람이 있을까? 우리는 무언가를 배우는 동안 실수도 하고 실패라는 과정을 겪기도 한다. 그 과정이 없이는 결코 자전거와 인라인스케이트를 탈 수 없다. 평범한 휴대전화 판매원에서 세계적인 오페라 가수가 된 폴 포츠. 그는 첫 내한 공연에서 첫 곡 '그라나다(Granada)'를 부르고 이런 얘기를 했다.

"예전에 슈퍼마켓에서 일할 때였습니다. 주인이 '그라나달라'라는 과일을 먹어 보라고 권했는데 먹고 싶지 않았습니다.

맛이 없어 보였거든요. 그러다 어쩔 수 없이 먹어 보니 그것은 정말 맛있는 과일이었습니다. 음반사에서 이 곡을 불러 보라고 권했을 때도 마찬가지였습니다. 확신이 없었거든요. 그런데 부르고 나니 제가 가장 좋아하는 노래가 됐습니다."

일단 뭐든 씩씩하게 도전할 수 있어야 한다. 그런데 주위에 보면 실패가 너무 두려워서 도전을 꺼리는 아이들이 있다. 그들 중 대부분은 성취 지향적인 부모 밑에서 태어나 어린 시절 내내 "그것밖에 못하니?". "5개나 틀렸어?", "다시는 실수하지 마라"라는 소리를 들으며 자랐을 확률이 높다. 있는 그대로 사랑을 받아 본 적이 없는 그들은 자신이 결함이 있어서 사랑받지 못했으며, 사랑을 받으려면 완벽해야 한다고 생각한다. 그래서 이들은 실수를 두려워한다. 이들의 선택은 아무런 실수 없이 완벽하게 하거나 혹은 차라리 안 하거나 둘 중 하나다. 그러다 보니 목표는 높은데 도전이 거의 없다. 완벽을 위해 준비만 하다 시작도 하기 전에 지쳐 버리거나 지레 포기하기 때문이다.

도전하지 않으면 실패할 일도 없어진다. 하지만 실패가 두렵다고 가만히 있으면 얻을 수 있는 것 또한 아무것도 없다. 그래서 로또에 당첨되려면 우선 로또를 사라는 말도 있지 않은가. 그럼에도 실패가 두렵다면 생각을 바꿔야 한다. 그 방법은 다음과 같다.

1. 실패를 대하는 자세부터 바꿔라

능력이 뛰어나다고 해서 실패를 딛고 일어서는 힘이 강한 것은 아니다. 능력은 별로 없는 것 같은데도 도전 의식이 강한 사람이 있는가 하면 나보다 훨씬 능력이 뛰어난데도 "아직 준비가 부족해"라며 망설이거나, "나는 능력이 부족한 것 같아"라고 한숨을 쉬며 포기해 버리는 사람도 있다.

그렇다면 과연 어떤 사람들이 실패해도 좌절하지 않고 다시 도전하는 것일까? 그들의 비밀은 실패를 대하는 자세에 있다. 심리학자 캐롤 드웩에 따르면 실패에 대해 '숙달 지향적인 반응(mastery-oriented response)'을 보이는 사람들은 실패 후 낙심하지 않고 보다 효과적인 전략을 찾아 다시 도전한다. 하지만 실패에 대해 '무기력한 반응(helpless response)'을 보이는 사람들은 실패하면 바로 좌절하고 문제를 회피하며 더 노력하지 않는다. 즉 실패를 '있어서는 안 되는 끔찍한 일'이 아니라 '일을 하는 과정에서 당연히 발생할 수 있는 시행착오' 정도로만 받아들여야 실패를 툭툭 털고 일어날 수 있다. 에디슨이 8,999번의 실패를 거쳐 9,000번째 전구를 발명한 것도 실패를 "다음번엔 다른 방향으로 시도해 보라는" 의미로만 받아들였기 때문이었다.

2. 평가 목표가 아닌 학습 목표에 집중하라

학교처럼 성취가 모든 판단의 근거가 되는 환경에서 아이들은 평가 목표를 가지기도 하고 학습 목표를 가지기도 한다. 주은이는 첫 모의고사에서 전교 10등을 했는데 결과가 발표되자마자 경쟁자들의 점수를 물어보고 다니느라 정신이 없었다. '쟤보다는 내가 잘 봤네', '나는 12개 틀렸는데 전교 1등은 3개밖에 안 틀렸네'라며 자신의 위치를 주변 아이들과 비교하여 평가했다. 주은이는 평가 목표를 가졌다고 볼 수 있다. 주어지는 과제를 자신의 능력을 평가하는 도구로 받아들이는 것이다. 그럴 경우 실패는 내가 능력이 없고 멍청하다는 것을 증명하는 셈이 된다. 그래서 잘하다가 한 번 곤경에 빠지면 헤어 나오지 못한다.

반면 학습 목표를 가진 아이는 도전하는 과정에서 재미를 느끼고 배우는 데 초점을 둔다. 몇 번 실패해도 '실패는 자연스러운 배움의 과정일 뿐 나는 아직 배우고 발전하는 중이니까 괜찮아'라고 생각하며 쉽게 좌절하지 않는다. 그러므로 실패가 두렵다면 혹시 평가 목표를 가지고 있는 것은 아닌지 돌아볼 필요가 있다. 학습 목표를 가져야 좌절하지 않고 발전할 수 있음은 물론이다.

늘 시간은 없고 할 일은 많다고
투덜대고 있다면

"중간고사가 열흘 남았는데 뭐부터 하지?"

학원에서 내준 숙제 먼저 빨리 해 버려야지 마음먹고 노트를 펼쳤다가 갑자기 친구가 추천한 수학 문제집이 생각나 휴대전화를 꺼냈다. 그 김에 그냥 궁금한 기사 몇 개 클릭하고 수만휘 사이트 들어가서 댓글 하나 달았을 뿐인데 1시간이 후딱 지나갔다. 문득 '내가 뭐 하려고 했더라?' 생각하고는 부랴부랴 수학 문제집을 구입한다. 그런 다음 학원에서 내준 영어 숙제를 좀 하고 있으려니 슬슬 배가 고프다. 냉장고를 뒤져서 우유와 빵을 먹고 나니 40분이 지났다. 다시금 마음을 가다듬고 책상에 앉았는데 문득 책상이 너무 지저분하다는 생각이 든다. 책상을

심리학, 열일곱 살을 부탁해

정리하고 다시 앉았는데 책을 보니 잠이 온다. 이러다 시험 망치겠다 싶어 계획표를 짜려고 다이어리를 꺼내 든다. 베프 생일이 코앞이다. '무슨 선물을 해 주지?' 생각하다 어느새 잠이 들고 만다. 결국 중간고사와 관련된 공부는 하나도 못하고, 계획표도 못 세우고, 학원에서 내준 숙제는 다음 날 학교에 가서 해결한다.

혹시 어디서 많이 본 장면 아닌가? 시간은 없고 할 일은 많다고 투덜대는 아이들이 흔히 하루를 이렇게 보낸다.

대한민국 고등학생들은 하루하루 눈코 뜰 새 없이 바쁘다. 시간은 없는데 매일매일 할 일이 너무나 많다. 그런데 꼼꼼히 따져 보면 마음과 몸이 바쁜 것만큼 실속 있지는 않다. 그래서 자꾸만 변명할 일이 많아지고, 그럴수록 부모님과 선생님의 잔소리는 더욱 거세지게 마련이다. 정신과 의사 문요한은 《굿바이 게으름》에서 이렇게 말한다.

"게으름은 천의 얼굴을 갖고 있다. 꼭 빈둥거리는 것만이 게으름은 아니다. 방향성 없이 똑같은 하루를 반복하고, 중요한 일을 뒤로 한 채 사소한 일에 매달리고, 완벽주의라는 덫에 빠져 결정을 끊임없이 뒤로 미루고, 늘 바빠 보이지만 실속은 없고, 똥줄이 타야만 일이 되고, 능력이 됨에도 불구하고 도전하지 않는다면, 당신은 게으르다."

의미 없는 부지런함은 성과를 내기 어렵고 그러면 초조한 마음에 스트레스만 쌓인다. 게다가 계획한 일들이 자꾸 뒤로 미뤄지면서 쌓이게 되면 실행할 염두가 안 나서 못하게 된다. 어떻게 하면 내면의 에너지를 갉아먹는 악순환의 고리를 끊을 수 있을까?

1. 목표부터 세워라

계획한 일들이 자꾸만 뒤로 미뤄진다. 그러면 '다음엔 게으르지 말아야지' 하고 결심한다. 그러나 그런 식으로 마음을 먹으면 또다시 실패하게 되어 있다. 남보다 뒤처졌다고 생각하기 때문에 마음만 급해져 어느 순간 짜증이 나고 그러다 보면 아무것도 하기 싫어진다. 그러므로 막연히 게으르지 않기 위해 애쓰기보다는 목표부터 분명하게 세워야 한다. 목표가 분명하면 주변의 여러 유혹을 효과적으로 거절할 수 있으며 그 결과 시간을 낭비하지 않게 된다. 또한 목표를 쉽게 포기하지 않도록 도와주기 때문에 덜 지겹고 목표를 달성했을 시에는 성취감도 맛볼 수 있다. 그래서 문요한은 "삶의 목표는 두렵기도 하지만 그 두려움도 넘어설 용기와 설렘을 함께 준다. 진정한 비전은 실천 지향적인 희망이며, 쉼 없이 정신적 에너지를 공급해 주는 정신의 심장"이라고까지 말했을 정도다.

2. 80/20 법칙을 기억하라

하루에 20퍼센트 정도는 내가 예상치 못한 상황이 벌어질 수 있음을 미리 염두에 두어야 한다. 모든 상황이 100퍼센트 내가 계획한 대로 굴러갈 것이라는 생각은 엄청난 착각이다. 언제든 돌발 상황은 일어나기 마련이다. 빨리 숙제하고 학원 가야 하는데 친구가 메신저로 말을 걸어올 수 있다. 모레가 시험인데 할머니 문병을 가야 할 수도 있다. 그처럼 갑작스러운 일이 생기면 당황하게 되고 미리 짜둔 계획이 모두 틀어진다. 그러면 하루를 망친 것 같은 기분에 짜증이 나는 게 당연하다. 즉 시험을 앞두고 공부 계획을 짤 때는 내가 최선을 다해서 할 수 있는 만큼의 80퍼센트 정도만 계획을 세우는 게 좋다. 그러면 계획을 지킬 확률이 높아지고, 어쩌다 여유 있는 날은 계획한 것보다 공부를 더 할 수도 있다.

3. 우선순위를 세우고 중요한 것에 집중하라

급할수록 돌아가라는 말이 있다. 뭐부터 해야 할지 모를 때는 우선순위를 세우고 급하고 중요한 일부터 처리하되 지금의 일을 모두 끝내고 다음으로 넘어가자.

그리고 한 가지를 선택하면 한 가지는 포기해야 한다는 것을 잊지 말자. 이것을 경제 용어로 '기회비용'이라고 하는데 공부도 마찬가지다. 성적을 올리고 싶은데, 게임도 30분만 하고 싶고, SNS도 들어가 보고 싶고, 친구랑 통화도 하고 싶다면 결국 아무것도 할 수 없게 된다. 버릴 것은 과감히 버리고 선택한 것에 집중해야 한다.

그리고 제발 한 번에 한 가지 일만 하라. 한 번에 여러 가지 일을 해낸다는 멀티 플레이어. 얼핏 보면 멋있어 보이지만 섣불리 따라 했다가는 하나도 제대로 못 하고 남는 게 아무것도 없을 수 있다.

3장

부모님은
내 마음을
몰라줘요

세상 그 어디에도
'갑자기' 문제를 일으키는 아이는 없다

"엄마 아빠, 저 학교 자퇴하려고요."

평소와 다름없는 어느 저녁이었다. 보람이가 저녁밥을 먹다 말고 불쑥 말을 꺼내자 부모님은 깜짝 놀란 표정으로 수저를 놓으시고는 "갑자기 그게 무슨 말이니?"라고 하셨다. 중학생인 여동생도 "언니 갑자기 왜 그래?"라며 보람이를 쳐다봤다. 보람이는 한참을 망설인 끝에 학교를 다녀야 할 이유를 모르겠다고 대답했다.

부모님은 "학생이 학교를 다녀야지"라고 했다가 뭔가 설득력이 없다고 생각했는지 "검정고시는 쉬운 줄 아니?"라고 했다가 "하여튼 자퇴는 안 돼"라고 끝을 맺으셨다. 진짜 자퇴를 할 거라고는 생각을 안 했으니까 그 정도면 알아듣겠지 하셨던 것이다.

그런데 보람이는 다음 날 아침에 일어날 생각조차 하지 않았다. 심지어 "엄마, 나 자퇴한다고 했잖아요"라며 이불 속으로 더 파고들어 갔다. 엄마는 덜컥 가슴이 내려앉았지만 우선 담임 선생님에게 전화해서 보람이가 아파서 학교를 못 간다고 둘러대셨다. 그날 저녁, 집은 한바탕 난리가 났다. 그렇지만 보람이는 꿈쩍도 하지 않았다. 그렇게 이틀이 지나고 사흘이 지나고 결석 일수가 늘어나자 보다 못한 엄마는 보람이를 끌고 나를 찾아오셨다.

"보람이가 착하고 명랑한 아이였는데 요즘 갑자기 교회도 안 나가고 컴퓨터 앞에만 앉아 있더라고요. 아무래도 보람이가 충동적으로 자퇴를 결심한 것 같으니까 어떻게든 선생님이 보람이를 설득해 주세요. 더 이상 학교 빠지면 곤란하거든요."

하지만 보람이는 나한테 자신의 이야기를 털어놓을 생각이 없어 보였다. 이런저런 질문을 던져 봤지만 보람이는 마지못해 단답형의 말로만 대답했다. 질문에 대한 대답을 안 한 건 아니지만 뭔가 불분명했고 그래서 자꾸 되물어야 했다. 나중에는 반복되는 질문에 보람이가 짜증을 내면 어떠하나 소심스러웠다. 이런저런 시도 끝에 보람이가 말문을 연 건 좋아하는 배우에 대한 얘기가 나오면서부터였다. 얼마 전에 시작한 드라마 속 역할이 너무 멋지다고 말하면서 웃더니 그제서야 조금씩 자기 얘기를 털어놓기 시작했다.

알고 보니 보람이는 교회에서 만난 좋아하는 남학생이 있었다. 그런데 그 남학생이 하필이면 자신의 여동생을 좋아한다는 사실을 알게 되었다. 보람이는 큰 충격을 받았다. 안 그래도 여동생이 자기보다 키도 크고 날씬하고 얼굴도 예쁘고 심지어 공부도 잘해서 속상했는데, 그 일을 계기로 동생에 대한 열등감이 심해졌던 것이다.

속은 상하는데 털어놓을 데가 없는 보람이는 짜증만 늘어 갔다. 게다가 성격이 비슷해 그전부터도 잘 통하던 엄마와 여동생은 한편이 되어 보람이를 '별종' 취급했다. 보람이가 SNS에 감성적이지만 쓸쓸한 내용의 글을 올려놓으면 엄마는 "밝은 글을 써야 보는 사람 기분도 좋지 않겠니?"라고 타박하고, 옆에 있던 여동생은 질세라 "맞아. 언니 SNS는 분위기가 너무 칙칙해"라며 약을 올렸다. 보람이는 "내 SNS도 내 맘대로 못해?"라고 쏘아붙이고 싶었지만 말해 봤자 소용없다는 생각에 아무 대꾸도 안 했다.

그런 보람이에게는 아버지가 유일한 희망이었다. 엄마가 "공부해라", "방 정리 좀 해라" 잔소리하면 아버지는 옆에서 "애 좀 그냥 놔둬"라고 말씀하시곤 했다. 그럴 때마다 보람이는 자신을 이해해 준다는 생각에 기뻤지만 그나마도 아주 가끔일 뿐이었다. 아버지가 너무 바빠 집에 안 계실 때가 많다 보니 진지하게 속에 있는 이야기를 꺼내기가 쉽지 않았다.

그러던 중 같은 반에 있던 유일한 친구마저 전학을 가 버렸다. 그나마 마음을 나누던 친구도 없는 학교는 보람이에게 아무런 의미가 없었다. 자퇴는 그래서 나온 결론이었다.

보람이 얘기를 듣고 보니 '갑자기'라는 말이 어울리지 않는다는 생각이 들었다. 여동생과 엄마가 한편이 되어 자신을 몰아세울 때 얼마나 속상했을까. 아버지의 뒷모습을 쳐다보며 무슨 말을 삼키고 있었던 걸까. 좋아하는 남자아이가 여동생을 좋아한다는 걸 알았을 때 기분이 어땠을까. 친구마저 떠나 버렸을 때 혼자 울지는 않았을까. 그래도 버티고 있는 보람이에게 나는 도대체 무슨 말을 해 줘야 한단 말인가.

상담을 끝내고 밖으로 나가자 기다리고 있던 보람이 엄마가 내 표정부터 살폈다. 날벼락을 맞은 사람처럼 어찌할 바를 모르는 그녀를 보며 문득 그런 생각이 들었다.

왜 아이에게 문제가 이렇게 쌓이는 것을 부모는 모르는 걸까? 왜 부모들은 어느 날 갑자기 아이가 돌변했다고 생각하는 걸까? 부모들은 내게 말한다. 어려서 말 잘 듣던 아이가, 혹은 까불까불 애교 부리던 아이가 어느 날 갑자기 변했다고 말이다. 갑자기 화를 내고, 반항하며, 안 하던 짓을 한다고 말이다.

하지만 세상의 모든 일은 갑자기 일어나는 것이 아니라 이를 암시하는 작은 사건들이 먼저 일어난 뒤에 발생한다. 예를 들어 지진이 일어나기 전에 지진을 예측하게 하는 몇몇 징후가 먼저 발생한다. 갑자기 저수지의 물이 사라지거나 우물물의 수위가 높아지는 등의 기이한 일이 벌어지는 것이다. 이는 지층에 변화가 생기면서 나타난 지진의 징후들이다. 이처럼 어떤 큰 사건이 일어나기 전에 이를 암시하는 작은 사건들이 잇따라 생기는 것을 '하인리히의 법칙'이라고 한다.

우리 아이가 갑자기 변했다고 말하는 것도 순전히 부모 생각이다. 어느 날 약간의 문제가 있었다. 그런데 열일곱 살은 자신이 굳이 말하지 않더라도 자신이 고통받고 있다는 사실을 부모가 알아채고 먼저 도와주기를 바란다. 유아기적 소망을 품고 있는 셈이다. 하지만 부모는 아무런 말도 하지 않는 아이에게 문제가 있다는 걸 알아차리지 못한다. 결국 열일곱 살은 몰라서 못 도와주는 부모를 알아도 도와주지 않는 거라 생각하며 원망하게 된다.

만약 부모가 아이에게 문제가 있음을 알아차리고 손을 내밀었다면 상황은 나아졌을까? 그건 두고 볼 일이다. 왜냐하면 열일곱 살은 자신의 문제는 누구도 이해할 수 없고 도와줄 수도 없는 독특한 것이라는 환상을 가지고 있다. 그래서 막상 부모가 도움의 손길을 내밀어도 그 손을 덥석 잡지 않을 수 있다.

이런 식으로 문제는 점점 쌓일 수밖에 없게 된다. 게다가 어떤 혼란스러움을 언어로 정리해서 표현하기에는 아직 논리적으로 부족하고, 누군가의 도움을 바라기는 하지만 무엇을 어떻게 도와 달라고 해야 할지 모르는 열일곱 살은 많은 일들을 비밀스럽게 간직하고 쌓아 두었다가 더 이상 감당하지 못할 정도가 돼서야 비로소 그 문제를 밖으로 드러낸다.

세상 그 어디에도 갑자기 문제를 일으키는 열일곱 살은 없다. 하지만 어디서부터 손써야 할지 모를 정도로 문제가 커진 뒤에야 그 사실을 알게 되는 부모는 "갑자기 왜 그러니?"라고 말할 수밖에 없는 것이다.

나는 보람이에게 그날 차마 학교에 갔으면 좋겠다는 말을 할 수 없었다. 그래서 그렇게만 말했다. "그동안 혼자 많이 힘들었겠다"라고.

열일곱 살 아이들의 입이
항상 �ꓽ 닫혀 있는 이유

어느 날 인터넷을 보다 보니 눈에 띄는 기사가 하나 있었다. 한 회사원의 이야기였는데 '좋은 아빠가 돼야지'라고 결심했다가 상처만 받았다는 사연이었다.

그는 회사 동료의 아이가 엄마 몰래 아빠한테 할 얘기가 있다며 회사로 찾아온 것을 보고 부러웠다고 한다. '나는 아이와 둘만의 비밀이 있나?'라는 생각을 해 보니 마지막으로 아이와 밥을 먹으면서 편히 얘기를 나눈 지도 꽤 되었다는 사실을 깨달았다. 그래서 큰마음을 먹고 밤늦게 학원 버스에서 내리는 아들을 마중 나갔다. 그런데 아들이 그를 보자마자 대뜸 이렇게 말했다고 한다.

"아빠, 왜요? 무슨 일이에요? 나 감시하러 나왔어요?"

그 말에 상처를 받고 아내에게 이야기를 했는데 "그렇게 평소에 잘하지, 왜 안 하던 짓을 해서는……"이란 핀잔만 들었다.

우리가 말을 할 수 있다는 건 그 말을 통해 해야 할 것이 있기 때문일지도 모른다. 하지만 우리는 종종 그 사실을 잊어버린다. 부모와 10대도 크게 다르지 않다. 그들은 각자 입장에 서서 자신은 언제든 대화할 준비가 되어 있지만 상대방에게 문제가 있다고 생각한다. 하지만 부모는 일방적으로 자신이 하고 싶은 말만 하고 10대는 입을 다물고 있는 게 보통이다. 10대들에게 왜 입을 다물고 있느냐고 물어보면 그들은 말한다.

"대화가 안 통하니까요."

그렇다면 우리는 그 이유를 찾아내야 한다. 10대의 닫힌 마음을 여는 실마리가 바로 거기에 있기 때문이다.

"부모님은 어떻게든 나의 단점을 찾아내고 지적하기 위해 사는 분들 같다"

영준이는 고1 때 공부에 별로 관심이 없었다. 중3 때 외고를 가고 싶었는데 안 되고 나니 공부에 대한 흥미를 잃어버린 것이다. 상위권에서 중위권으로 떨어지는 건 순식간이었다. 하지만 어느 순간 이러다 정말 안 되겠다는 마음에 공부를 하기 시작했고, 그 결과 수학만 빼놓고 모든 과목에서 90점 이상을 받았다.

아무리 칭찬에 인색한 아버지도 이번만은 다르겠지 기대하며 아버지에게 성적표를 내밀었다.

"수학 점수가 79점이네. 이 정도밖에 못해? 너는 왜 이렇게 수학을 못하는 거냐?"

영준이는 화가 나서 견딜 수가 없었다. 수학만 빼면 다 잘했고, 반 석차도 30등에서 5등으로 올랐는데 어떻게 칭찬 한마디 안 해 주실 수가 있는가? 어떻게 수학 점수가 이렇냐고만 할 수가 있는가? 솟아나는 분노로 입술을 꽉 깨문 영준이는 자리를 박차고 일어났다. 그 뒤 영준이는 공부를 포기해 버렸다. 잘해 봐야 그것을 인정해 주기는커녕 못한 것만 가지고 난리칠 테니 열심히 공부할 이유가 없었기 때문이다.

10대들은 말한다. 왜 부모들은 하나같이 자식의 단점을 지적하지 못해 안달 난 사람처럼 구느냐고 말이다. 이와 관련한 재미있는 실험이 하나 있다. 미국의 어느 초등학교 부모들을 대상으로 아이들의 시험 결과를 놓고 어떤 반응을 보이는지 테스트해 보았다. 예를 들어 7개 과목에서 A 2개, B 3개, D 1개, F 1개를 받아 왔다고 하자. 그랬을 때 부모들에게 무엇에 대해 자녀와 얘기하겠느냐고 물었더니, 가장 좋은 점수인 A에 대해 대화하겠다는 사람은 전체의 7퍼센트에 불과했다. 반면 F에 대해 대화를 하겠다고 응답한 사람은 90퍼센트가 넘었다. 잘한 일은 어차피 잘했으니 따로 얘기할 필요가 없고, 문제가 있는 것에 대해서만 대화를 나누면 된다는 게 부모들의 생각인 것이다. 그도 그럴 것이 부모들은 아이를 바른 길로 인도해야 한다는 책임감이 너무 앞선다. 다른 아이가 잘못하면 "그럴 수도 있지 뭐"라고 하지만 내 아이가 잘못하는 것은 모두 내 책임이기 때문에 절대 그냥 두고 볼 수 없다. 그래서 아이가 잘한 건 당연하다고 넘기다가 조금이라도 잘못한 게 보이면 득달같이 나서서 그에 대해 꼬집고 야단친다. 그러나 앞의 영준이 아빠처럼 칭찬에 너무 인색하고 단점을 지적하는 데만 열중하면, 아이가 잘 자라기는커녕 비뚤어지기 십상이다.

우리는 상대방에게 자신이 있는 그대로 받아들여지지 않을 경우 본능적으로 움츠러든다. 또한 비판과 평가가 두려울 때 자신을 드러내지 않는 경향을 보인다. 특히 10대에게 있어 부모에게 받은 모욕은 더 깊이 사무치고 더 오래가는 법이다. 무슨 말을 하든 부모에게 비난을 받을 거라고 생각하면 자연히 부모와의 대화를 꺼리게 된다.

아이에게 올바른 삶의 가치를 전달하고, 단점을 고쳐 주고픈 부모의 마음을 모르는 것은 아니지만 정말로 아이를 위한다면 이제부터라도 문제점을 지적하기에 앞서 칭찬을 아끼지 않는 부모가 되어야 한다. '잘하는 것은 기본'이라고 생각하는 건 부모의 욕심일 뿐이다. 별문제 없이 잘하고 있는 일도 그냥 지나치지 않고 격려해 준다면 아이는 자신의 잠재력을 마음껏 펼쳐 나갈 것이다. 칭찬은 고래도 춤추게 한다는 말도 있지 않은가.

심리학, 열일곱 살을 부탁해

"부모님은 매일 일방적으로 똑같은 잔소리를 하는 게 지겹지 않은가 봐요"

누구나 매일 아침 일어나서 잠이 들 때까지 살아가는 일상이 있다. 그 일상은 날마다 쳇바퀴 돌듯 반복된다. 부모와 10대의 대화도 마찬가지다. 빨리 일어나라, 공부해라, 학원 가라, 옷 갈 아입어라, 청소해라 등의 말이 하루에도 수십 번 반복된다. 하지만 아이들은 늘 늦게 일어나서 부랴부랴 나가고, 공부하기 싫어하며, 학원을 빠지고 싶어 하고, 옷을 빨리 안 갈아입고, 어떻게든 청소를 안 하고 버틴다. 그러면 부모들은 참다못해 폭발한다. "너 정말 이럴래?", "내가 몇 번을 말했니?", "당장 그만두지 못해!" 등등의 말로 자녀를 혼내는 것이다.

말을 안 듣는 아이와 듣게 만들려는 부모의 힘겨루기가 매일 계속되다 보니 서로 지칠 수밖에 없다. 결국 부모는 아이에게 일방적으로 명령하고 훈계를 하게 된다. '도대체 몇 번을 말해야 아이가 말을 들을까' 하고 한숨을 쉬면서 말이다.

하지만 일방적으로 지시하는 사람을 누가 좋아하겠는가. 게다가 늘 "~해라", "~하지 마라"라는 명령형의 말투로 몰아붙이면 듣는 사람은 화가 날 수밖에 없다. 그래서 부모가 무슨 말을 하면 10대는 "또 잔소리야?"라며 귀를 닫아버린다. 어찌 보면 쳇바퀴 도는 일상 그 자체가 부모와 아이의 대화를 가로막고 있는지도 모른다.

어느 외과 의사가 수술대에 누운 환자에게 "저는 사실 이 수술에 대한 지식이나 경험은 없습니다. 다만 환자를 위해 최선을 다하는 마음만큼은 진심입니다. 그럼 이제 수술을 시작하겠습니다"라고 말했다. 그러자 환자는 기겁을 하더니 수술대에서 도망치고 말았다. 환자에게 최선을 다하는 의사도 중요하지만 그보다 더 필요한 것은 병에 대한 지식과 경험을 가진 의사다.

부모가 자녀를 대할 때도 마찬가지다. 무작정 최선을 다한다고 해서 자녀가 올바르게 크는 것은 아니다. 자녀를 제대로 알기 위해 많이 노력해야 한다. 특히나 대화법은 부모가 자녀에게 영향을 미칠 수 있는 가장 확실한 방법이므로 그에 대한 공부가 반드시 필요하다.

한편 열일곱 살들도 '부모님과는 대화가 안 통해'라고 단정 지어 버리면 곤란하다. 관계는 상호작용하는 것이므로 부모님과 서먹해지는 게 목적이 아니라면 그때그때 상황에 맞는 요령을 터득할 필요가 있다. 내가 찍어 둔 옷 대신 다른 옷을 사라고 할 때는 애교를, 이과를 선택할지 문과를 선택할지 앞으로의 장래와 관련된 이야기를 할 때는 차분한 어조로 진지한 대화를, 귀가 시간 등 부모님과 의견이 갈리는 일에 대해서는 포기하고 받아들이는 자세를 보이는 등 융통성을 발휘해야 한다. 더 이상 '왜 부모님과는 대화가 안 통할까'라고 생각하며 속상해 하지 말자. 지금 필요한 것은 어떻게든 대화를 하려는 노력과 시도다.

심리학, 열일곱 살을 부탁해

아이가 스스로 결정하면
달라지는 것들

지영이 엄마는 지영이가 심심치 않게 거짓말을 하는 것 때문에 걱정이 태산이다. 눈에 뻔히 보이는 거짓말을 하는 것도 괘씸한데 밖에 나가서도 그럴까 봐 노심초사하게 된다는 것이다. 학교에서 필요한 준비물을 산다고 돈을 받고 몰래 친구들과 놀러 나갔던 일을 들킨 후로는 현금을 주지 않고 꼭 카드를 준다. 지영이가 친구 만나러 나간다고 했는데, 수상하다 싶으면 그 친구에게 전화를 걸어 만나는 게 맞는지 확인하기도 한다. 그뿐만이 아니다. 약속한 귀가 시간까지 지영이가 들어오지 않고 전화를 안 받으면 위치 추적을 한다. 이럴 때마다 지영이는 엄마에게 질색을 하게 된다. 보다 못해 어느 날 지영이 엄마에게 "꼭 수사관 같으시네요"라고 했더니 엄마는 멋쩍게 웃으셨다.

막상 지영이와 얘기해 보면 지영이는 그저 용돈이 약간 부족하고, 공부하는 것보다 친구들과 놀고 싶은 마음이 더 큰 평범한 열일곱 살일 뿐이다. 그런데 어쩌다가 지영이는 거짓말쟁이가 되고, 엄마는 지영이를 쫓는 수사관이 되어 버린 걸까?

지영이가 처음부터 엄마에게 거짓말을 하려고 작정했던 것은 아니었다. 자수성가한 아버지는 지영이에게 늘 절약을 강조했다. 그러다 보니 지영이는 이제껏 용돈을 넉넉하게 받아 본 적이 한 번도 없었다. 그런데 가장 친구 유진이가 자기 생일이니 같이 맛있는 것도 먹고 좋은 카페에 가자고 하자, 눈치 보지 않고 실컷 놀고 싶은 마음에 슬쩍 거짓말을 한 것이 엄마에게 딱 걸리고 말았다. 친구 만나는 것도 그렇다. 엄마는 지영이가 친구 시내를 만나는 걸 못마땅해 하신다. 그래서 지영이는 시내를 만날 때면 다른 친구를 만난다고 둘러댈 수밖에 없었다. 전화를 안 받은 건 엄마가 빨리 들어오라고 재촉할 게 뻔해서고.

결국 지영이는 엄마한테 싫은 소리 안 듣고 싶어서 요령을 피우다 몇 번 들키는 바람에 "눈에 뻔히 보이는 거짓말을 해서 엄마를 실망시키는" 딸이 되고 만 것이었다. 게다가 엄마가 자꾸만 의심하고, 단속하려 드니 거짓말이 늘어날 수밖에 없었다. 그러나 엄마 입장에서 보면 '설마 했는데 이거 봐라, 또 엄마를 속이다니'라며 걱정스러운 마음에 더욱 딸을 감시하고 체크하게 된 것일 뿐이었다.

지영이와 엄마는 앞으로 어떻게 해야 할까? 여기서 우선 짚고 넘어가야 할 것은 일반적으로 성인의 경우 하루에 한 번꼴로 거짓말을 한다는 사실이다. 물론 이때의 거짓말은 다른 사람의 기분을 좋게 하기 위한 선의의 거짓말일 경우가 많다. 하지만 부모는 자녀에게 늘 거짓말을 하면 안 된다고 가르치며 그중 78퍼센트는 청소년 자녀가 자신에게 모든 것을 정직하게 털어놓을 것이라고 확신한다. 자신들도 청소년 때 분명 부모에게 거짓말을 했으면서 말이다.

　　청소년기 반항에 대해 연구한 낸시 달링 박사와 린다 콜드웰 박사에 따르면 10대 청소년 중 96퍼센트가 부모에게 거짓말을 한다. 음주나 이성 친구 문제 말고도 용돈을 어디에 쓰는지, 외출해서 누구를 만나는지, 심지어 학교 숙제를 다 했는지, 어떤 종류의 음악을 듣는지에 대해서도 거짓말을 한다. 이때 부모를 속이기 위해 완벽한 거짓말을 꾸며 내는 경우는 25퍼센트에 지나지 않는다. 절반 정도가 부모를 기분 나쁘게 할 구체적인 묘사를 피함으로써 거짓말을 하며, 나머지 25퍼센트는 이야기를 전혀 꺼내지 않음으로써 거짓말을 유지한다. 그렇다면 왜 그렇게 거짓말을 하는 걸까? 이에 대해 달링 박사는 놀라운 이야기를 전한다.

　　"처음 연구를 시작할 때는 청소년들이 거짓말을 하는 주된 이유를 '문제를 일으키고 싶지 않아서'라고 생각했다. 그러나 실제로 부모를 속이는 가장 보편적인 이유는 '부모와의 관계를 보호하고 싶어서', '부모가 나에게 실망하는 게 싫어서'였다."

부모는 혹시나 아이가 잘못된 길을 가지나 않을까 노심초사하는 마음 때문에 자녀의 삶에 개입하게 된다. 그래서 규칙과 규율을 정해 주고, 충고를 하며, 잔소리를 늘어놓는다. 심지어 일방적으로 자녀에게 자신이 정해 놓은 대로 따라오라고 강요하는 부모들도 있다.

하지만 어른으로 가는 길목에 서 있는 고등학생들은 독립된 인격체로 존중받고 싶어 하기 때문에 부모가 자신을 감시하는 것을 견디지 못한다. 특히나 어렸을 적부터 부모가 짜 준 일정대로만 움직인 아이들은 숨 막힐 정도로 지나친 통제 속에 자라다 보니 통제 자체에 민감하다. 규칙이나 규율이라는 말만 들어도 심한 거부 반응을 보인다.

그러다 보니 부모가 아이를 통제하려 할수록 아이는 저만치 튕겨 나가 오히려 통제가 안 되는 현상이 발생한다. 즉 지영이 어머니처럼 아이를 감시하고 수사관 역할을 한다고 해서 문제가 해결되지는 않는다. 부모와 아이 사이의 소모적인 실랑이를 끝내기 위해서는 아이들에게 결정권을 주는 방법밖에 없다.

내가 결혼을 하고 나서 가장 좋다고 느낀 점은 영화 보고 밤 늦게 들어가두 아버지에게 미리 허락받을 필요가 없고, 야단맞을 걱정을 할 필요도 없다는 것이었다. 남편과 밤길을 걸으며, 내가 내킬 때 집에 들어가면 된다는 사실이 얼마나 기분 좋았

심리학, 열일곱 살을 부탁해

던지 모른다. 사소한 것이라도 내가 결정할 수 있다는 것은 중요하다.

아이들도 마찬가지다. 책상 앞에 앉아 공부를 시작하려는데 어머니가 "공부해라"라고 하면 공부하고 싶은 마음이 싹 달아나 버린다. 똑같은 공부인데도 내가 하고 싶어서 하는 공부와 어머니가 시켜서 하는 공부는 희한하게 느낌이 다르다. 어쩌면 어른이 되고 싶은 것도, 직장에서 승진을 하고 싶은 것도, 누가 시켜서 하는 게 아니라 내 뜻대로 하고 싶은 걸 자유롭게 하고 싶기 때문인지도 모른다.

그래서 나는 첫 상담 때 아이에게 스스로 원해서 왔는지, 부모가 권해서 하는 수 없이 왔는지를 꼭 묻는다. 부모가 권해서 왔다고 하면 첫 상담 시간에 훨씬 더 조심스럽다. 내키지 않은 자리에 와 있으니 별로 기분이 좋지 않을 것이기 때문이다. 그리고 상담이 끝나면 "앞으로 계속 상담을 할지 말지는 너의 결정에 따를게"라고 말한다. 부모가 일방적으로 데려오는 것도 한두 번이지 그 이상은 어려운 게 사실이다. 그런데 신기하게도 아이들은 자신에게 결정권이 주어지면 태도가 달라진다. 결정권을 가지고 있다는 사실 자체를 너무 좋아하면서 또다시 나를 찾아온다.

반신반의하며 아이를 데려왔는데 아이가 상담을 꾸준히 받으면 부모들은 아이가 나의 말을 잘 듣는다고 생각한다. 그래서 "사귀는 남자 친구가 있는데 별로 안 좋은 아이니까 선생님이 그 남자 친구 좀 만나지 못하게 해 주세요"라는 부탁을 하기도 한다. 부모 말은 안 듣고, 선생님 말만 듣는다면서 말이다. 하지만 그럴 때마다 나는 정중히 사양한다.

"어차피 제 말도 안 들을걸요? 저는 이래라저래라 하지 않고, 또 할 수도 없습니다. 24시간 내내 따님을 지키실 것도 아니고 남자 친구 만나는 걸 무슨 수로 말리시려고요. 솔직히 안 만난다고 하고 몰래 만나면 그뿐이지 않나요?"

그러면 어떻게 해서든 자신의 뜻대로 아이를 움직이고 싶은 부모는 다른 상담가를 찾아간다. 하지만 대부분의 부모는 나의 의도를 이해하고 자녀에게서 한 발자국 물러서는 모습을 보인다. 아이들은 누가 뭐라든 본인이 원하지 않으면 이성 친구와 헤어지지 않는다. 하지만 이성 친구와 계속 만날지 말지 스스로 선택하라고 하면, 오히려 신중하게 고민하는 모습을 보인다. 이성 친구를 만나면서 생긴 고민을 나에게 편한 마음으로 털어놓으며 도움을 청하기도 한다.

귀가 시간 문제도 마찬가지다. 자녀의 귀가 시간을 10시로 못 박아야겠다고 하는 부모에게는 "본인이 귀가 시간을 정하라고 해 보세요"라고 말한다. 그러면 아이들은 알아서 10~12시 사이에 귀가 시간을 정한다. 말도 안 되게 새벽 2시를 주장하는 경우는 거의 본 적이 없다. 그리고 자기가 스스로 정한 시간은 부모가 일방적으로 정해 준 시간보다 잘 지킨다. 똑같은 일도 결정권이 누구에게 있느냐에 따라 마음가짐이 이렇게 달라진다.

어떤 부모는 아들이 담배를 피우는데 그게 다 친구 잘못 만나서 그렇게 된 거라며 친구를 탓한다. 그 친구가 착한 자기 아들을 꼬드겼다는 것이다. 그럴 때마다 나는 궁금해진다. 세상에 사람이 한둘이 아닌데 만약 담배를 피우는 그 친구만 아니었다면 아들이 과연 담배를 안 배웠을까? 그리고 부모가 만나지 말라고 한다고 해서 이제껏 만나던 친구를 끊는 열일곱 살을 별로 본 적이 없다. 부모가 뭔가를 결정하려고 들면, 아이는 무조건 부모의 반대편에 서려고 한다. 자율성에 대한 욕구가 꿈틀거리기 때문이다. 하지만 결정권이 자신에게 주어지면 최선의 결정을 하기 위해 부단히 노력한다. 그리고 대부분 우리가 생각하는 그 이상으로 현명한 결정을 내린다.

부모가 그렇게도 간절히 바라는 아이의 변화는 아이 스스로 결정을 내리고 그에 따라 행동할 때 비로소 찾아온다. 그러니 더 이상 옥신각신 싸우지 말고 아이에게 결정권을 주어라. 불안해할 필요는 없다. 자신이 결정권을 갖게 되면 아이들은 오히려 부모에게 조언을 구해 올 것이다. 그리고 설령 아이가 어느 순간 잘못된 결정을 내리더라도 그런 경험을 통해 한층 더 성장해 나갈 것이다.

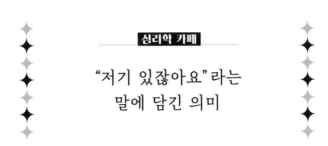

"저기 있잖아요"라는
말에 담긴 의미

아이가 "저기 있잖아요……"라고 하면 대부분의 부모는 반사적으로 "왜?"라고 대답한다. 그러면 아이는 잠시 뜸을 들인다. 이때 부모가 "왜 불러 놓고 말을 안 하니?"라고 하면 아이는 십중팔구 이렇게 대답한다. "아니에요." 그러면 부모는 "싱겁긴" 하면서 자리를 뜨지만 아이는 못내 아쉬운 표정을 감추지 못한다.

부모에게 상의하고 싶은 말을 처음부터 일목요연하게 꺼내는 아이는 없다. 보통 "저기 있잖아요"라고 말을 꺼내고 부모의 반응을 유심히 관찰한다. 부모님이 내 말을 찬찬히 들어 줄 여유가 있는지, 본론을 꺼내기도 전에 괜히 화부터 내지는 않을지, 내게는 굉장히 중요한 문제인데 대수롭지 않게 여겨서 나를 맥 빠지게 만드는 건 아닐지, 내가 하는 말을 과연 이해해 줄지 등등. 그래서 어떤 아이들은 뜬금없이 엉뚱한 소리를 늘어놓거나 부모의 속을 살짝 긁기도 한다.

그런데 미처 신호를 알아차리지 못한 부모가 무신경하게 반응하면 아이는 부모가 자신을 거부한다고 생각한다. 그런 일이 몇 번 반복되면 아이는 마음의 문을 닫아버린다. 안타까운 것은 대부분의 부모들이 자신이 아이의 신호를 거부했다는 사실조차 모른다는 것이다.

"저기 있잖아요"라는 말 뒤에는 "공부를 어떻게 해야 할지 감을 못 잡겠어요. 학원을 바꾸든 뭔가 대책을 세우고 싶어요", "좋아하는 애가 다른 여자애한테 관심이 있는 거 같아 속상해요", "친구들이 나를 은근히 따돌리는 것 같은데 확인할 길은 없고 어떻게 하는 게 좋을지 모르겠어요" 등등의 고민이 숨어 있다.

그러므로 아이가 어렵사리 "저기 있잖아요"라고 말하면 눈빛을 잘 봐야 한다. 뭔가 하고 싶은 말이 있다는 간절한 신호를 읽을 수 있어야 한다. 이때 부모가 가장 먼저 할 일은 '시간이 충분히 있다. 네가 어떤 말을 해도 네 편에서 이해하고 함께 고민해 줄게'라는 신호를 눈빛으로 보내는 것이다. 그야말로 시선 처리가 중요한 시점이다.

반대로 대화의 기술이 부족한 부모님을 둔 열일곱 살은 어떻게 해야 할까? 그럴 때 답은 하나다. 부모님이 바뀌기를 기다리며 가만히 있지 말고, 먼저 다가가라. 용기를 내어 구체적으로 용건을 말하자. "상의드릴 일이 있는데 언제 시간 되세요? 저한테 정말 중요한 일인데 엄마 아빠의 의견을 듣고 싶어요"라고 말이다.

그러면 아마도 부모님은 열 일 제쳐 두고 시간을 만들 것이다. 만약 굳이 부모님의 의견이 아니라도 상관없다면 나에게 좋은 조언을 해 줄 다른 어른을 찾아보는 것도 괜찮은 방법이다. 세상에는 나를 이해하고 도와줄 수 있는 어른들이 생각보다 많다.

분명 공감해 줬는데
왜 맨날 짜증을 낼까?

요즘 열일곱 살의 부모들은 참 똑똑하고 모범적인 경우가 많다. 아이와의 관계에서도 권위를 내세워 윽박지르거나 감정에 휩싸여 이성을 잃고 소리 지르지 않는다. 아이와 대화하면서 원하는 게 뭔지 묻고 의견을 반영해 주기 위해 애쓴다. 그런데 분명 좋게 시작한 대화가 생각했던 대로 잘 풀리지 않으면서 아이와의 관계가 삐걱거린다.

"엄마, 내 친구 윤서 알지? 걔 원래 나랑 친했는데 요새 좀 이상해. 내가 말 걸면 자꾸 피하는 것 같아."

"그래? 왜 그러지? 너 많이 속상했겠네. 근데 너 좋아하는 친구 많잖아. 그 친구들이랑 놀면 되지. 너무 속상해 하지 마."

심리학, 열일곱 살을 부탁해

이렇게 아이의 마음을 알아주고 잘 달래 줬다고 생각하지만 이상하게 아이가 계속 우울해 하는 게 보이면 이젠 아빠가 나선다.

"너 친구 때문에 속상해서 그래? 기분 풀어. 이따 저녁 때 너 좋아하는 치킨 시킬까? 아니면 주말에 어디 놀러 갈까?"

"아, 그런 거 아니라고! 잘 알지도 못하면서, 나 좀 놔둬!"

갑작스러운 짜증 앞에서 내심 아이의 마음에 잘 공감해 주고 있다고 생각했던 열일곱 살의 부모는 어안이 벙벙해질 수밖에 없다.

이 대화는 상대의 마음을 공감해 주는 법에 대한 오해에서 비롯된다. 제대로 공감하려면 "그랬구나, 너 많이 힘들구나"라고 말해야 한다고 하니 그렇게 말하긴 했지만 사실 부모가 진짜 하고 싶은 말은 이미 준비되어 있다. "친구와 싸운 건 별일 아니야, 그러니 그렇게 속상해 하지 말고 해야 할 공부에 집중하는 게 좋겠다"라는 바로 그 말 말이다.

나 역시 정신과 의사로 공감의 중요성을 배우고 트레이닝을 받은 지 20년이 지났지만 여전히 '공감하는 대화'가 제일 어렵다. "아, 그러셨군요"라고 말은 하지만 뭔가 조급했고, 환자가 빨리 좋아지게 하기 위해서 뭔가를 더 말해야 한다고 생각했다. 이런 조급함을 열일곱 살 부모에게서 똑같이 느낀다. 공감해야 할 것 같아서 말한다지만 결국 부모가 하고 싶은 말은 따로 있다. 부모는 부드럽게 말하고 있지만 듣는 아이 입장은 다르다.

'내 마음도 모르고 자꾸 딴소리만 하네. 여전히 속상하고 화가 나고 답답해. 짜증나'라고 생각한다. 그러니 아이는 공감받았다는 생각이 들지 않는다.

조금 더 구체적으로 예를 들어 보자. 기숙사 생활을 하는 재경이가 오랜만에 집에 돌아와 이렇게 말했다. "처음 기숙사 생활 시작했을 때는 너무 외로워서 짐까지 쌌던 날도 있어요." 그 말을 들은 엄마의 대답. "그랬구나. 그래, 그렇게 인간은 외로운 거야. 엄마도 외롭고, 너도 외롭고 사는 게 다 그런 거란다." 이 말은 언뜻 외로움을 이해하는 것처럼 들리지만 그 속에 풍기는 뉘앙스는 '인간이라면 누구나 외로우니까 네가 외로운 것도 그 중 하나일 뿐이야. 너무 심각하게 생각하지 않아도 돼'라고 해석될 수 있다. 아이 입장에서는 엄마가 내 감정이 별 게 아니라고 축소해 버린 것처럼 느껴진다.

그러면 자신이 느끼는 감정에 대해 부모님이 이해해 주고 공감해 주기를 바랐던 아이는 당황하게 된다. 부모님이 남들도 다 그렇다고, 별 게 아니라고, 괜찮다고 했는데 아무리 생각해 봐도 내 마음은 괜찮지가 않기 때문이다. 그래서 '내가 이상한 건가? 나는 왜 이런 일에 연연하는 거지? 나한테 무슨 문제가 있나?' 등등의 생각을 하게 된다. 이처럼 스스로의 생각과 감정에 대한 확신이 무너지면 자신 있게 의사 표현을 하지 못하고 자꾸만 상대방의 반응을 살피게 된다. 자녀의 부정적인 감정을 잘

심리학, 열일곱 살을 부탁해

덮어 주고 싶었던 부모의 화법이 의도치 않게 자녀의 자신감을 훼손시키는 결과까지 초래하고 마는 것이다.

공감은 아이가 스스로 자기의 감정을 표현하면서 진정하는 과정을 반드시 포함한다. '짜증난다', '화가 난다', '외롭다' 등의 감정은 1차원적이고 즉각적인 감정이다. 이 감정이 진짜 무엇인지를 알기 위해서는 시간이 필요하다. '아, 친구의 그 말이 나를 속상하게 했구나. 어떻게 말할지 몰라서 당황했구나'라고 구체적으로 정리하는 과정이 필요하다는 말이다. 스스로 감정을 깨닫고 조절하는 경험을 반복해야 '자기조절능력'이 생기고, 그렇다면 이제 어떻게 행동할지에 대해 객관적으로 판단할 수 있다. 부모나 주변 어른의 도움이 필요한 것은 바로 이 시점이다.

하지만 부모들은 아이가 자신의 감정을 깨닫고 정리하는 것을 기다려 주지 못한다. 아이가 힘들지 않기를 바라는 마음, 어떻게든 도와주고 싶다는 마음에서이기도 하고, 빨리 어려움을 수습해서 공부나 학교생활에 집중하기를 바라는 마음에서이기도 하다. 그러고 보면 아이가 스스로 문제를 해결할 수 있을 때까지 믿고 기다린다는 것만큼 어려운 일이 어디 있을까 싶다.

그렇다면 아이가 속상한 일, 화나는 일을 이야기할 때 어떻게 해야 공감하는 대화를 할 수 있을까? 간단하다. 아이의 말을 한 번 더 반복해서 말하면 된다. 외로웠다는 말에는 "그랬구나. 우리 딸, 정말 많이 외로웠나 보다"라는 말 정도면 충분하다.

이게 도움이 될까? 도움이 된다. 왜냐하면 그다음에는 아이가 자기의 감정을 이야기할 테고, 그러는 동안 충분히 자기의 마음을 '표현했다'고 느낄 것이기 때문이다. 내 감정을 나 혼자서만 알고 있는 게 아니라 엄마가 알고 있고, 그래서 혼자가 아니라는 사실로 위안을 받기 때문이다.

거기서 충분히 에너지를 얻고 나면 아이도 스스로 문제를 해결하기 위한 방안을 탐색해 볼 수 있다. 아이들도 어렴풋이 알고는 있다. 낯선 곳에 가면 당연히 외롭고 힘들지만 시간이 지나면 차차 적응되니 참고 견뎌야 한다거나, 친구와의 갈등을 풀기 위해 먼저 손을 내밀어야 한다는 사실을 말이다. 아이가 방법을 몰라서 혹은 해결해 줬으면 해서 부모에게 투덜대고 우울해 하는 것이 아니다. 그냥 내 마음을 알아주길 바라기 때문에 이야기를 꺼낸다. 물론 아직 미성숙하기에 대강의 해결 방법은 알지만 구체적인 요령은 부족할 수 있다. 부모가 도와주고 싶다면 바로 그 부분을 슬쩍 도와주면 된다. 부모의 역할은 거기까지다.

부모님이 잘해 준 것보다
못해 준 게 더 기억나는 이유

《여자의 마음을 열어 주는 101가지 이야기》라는 책을 읽다가
엄마를 구한다는 재미있는 광고를 보게 되었다.

구합니다 _____

화를 잘 안 내고 편안한 성격의 사람을 구합니다. 젖먹이를 사
랑할 줄 알고 돌볼 줄 알아야 합니다. 아기를 안아 주고 흔들어
주는 것을 좋아해야 하며, 3~4시간마다 젖을 먹일 때 20분간
꼼짝없이 앉아 있을 줄 알아야 합니다. 잠을 조금밖에 안 자도
되고, 아침 일찍 일어나는 것을 좋아해야 합니다. 근무 시간은
일주일에 7일, 하루에 24시간입니다. 자신의 엄마를 대신 데려

다 놓지 않는 한 휴가는 없습니다. 승진의 기회도 없습니다.

그 아이가 한 살 반이 되면 엄마를 구하는 구인 광고는 이렇게 바뀐다.

구합니다 _____
지칠 줄 모르는 아이를 돌봐 줄 엄마를 구합니다. 최고의 컨디션을 가진 운동선수라야 합니다. 반사 신경이 잘 발달되고, 끊임없이 샘솟는 힘과 영원히 늘어나는 인내심을 가져야 합니다. 독심술을 할 줄 알면 더욱 좋습니다. 응급치료는 물론이고 한꺼번에 여러 가지 일을 할 줄 알아야 합니다. 아이에게 신경을 쓰면서 운전과 요리를 할 수 있고 전화를 받을 수 있어야 합니다. 하루 근무 시간은 15시간입니다. 아이가 잠을 자지 않으면 휴식 시간은 없습니다. 올림픽대회에 출전한 경험이 있는 소아과 간호사라면 더욱 좋습니다.

그러다 아이가 열세 살이 되었을 때 엄마를 찾는 광고를 보자 왠지 모르게 슬프다는 생각까지 들었다. 그 구인 광고는 다음과 같다.

구합니다 _____
사춘기 심리학의 전문가를 구합니다. 많은 양의 요리를 할 줄

심리학, 열일곱 살을 부탁해

알아야 합니다. 가장 필수적인 것은 인내입니다. 약간의 청력 상실이 있다면 더욱 좋고, 그렇지 않으면 자신의 귀마개를 가지고 와야 합니다. 뚝심 있는 분이어야 합니다. 아이가 엄마를 부끄러워한다고 생각할 때를 재빨리 눈치채서 사라질 줄 알아야 합니다.

이 구인 광고를 보고 접수를 할 사람이 과연 얼마나 될까. 그러고 보면 세상에서 부모가 되는 일이 제일 힘든 것 같다. 아이들도 이 사실을 모르지는 않아서 그동안 나를 키우느라 힘드셨을 텐데 부모님께 잘해 드려야지 하는 생각을 종종 한다.

그런데 이상하게도 열일곱 살은 부모가 아홉 번 잘해 준 것보다 한 번 못해 준 걸 가지고 섭섭해한다. 승현이가 그랬다. 머리로는 어머니가 어려운 상황 속에서도 자신에게 얼마나 잘해 주려고 했는지 알고 있다. 하지만 어머니와 다투면 자신도 모르게 화가 나고, 예전에 어머니한테 맞은 기억들이 떠올라 괴롭다고 했다. 얘기하지 말아야지 하면서도 결국은 지나간 옛날 얘기를 들추게 된다는 것이다. 그러던 어느 날 승현이 어머니가 나를 찾아왔다.

"제가 승현이 어렸을 때 매를 든 건 사실이에요. 저도 시집살이에 남편 사업 문제까지 스트레스가 많았거든요. 하지만 승현이가 사춘기가 되면서부터는 정말 안 때렸어요. 그런데 무슨 일만 있으면 때린 얘기 타령이에요. 너무 큰 상처를 입었다고 하면서요. 물론 제가 좀 심했어요. 저도 알아요. 그렇지만 제가 그 후로 미안하다고 수도 없이 사과했거든요. 근데도 그걸 잊어버리지를 못하고 툭하면 난리라니까요. 지나간 시간을 되돌릴 수도 없는데 어떡하면 좋을까요?"

승현이 어머니 입장에서 보면 억울할 만도 했다. 한때 승현이를 때렸다는 것만 빼면 그야말로 나무랄 데가 없기 때문이다. 평소 승현이와 어머니는 대화가 잘 통하는 모녀지간이다. 같이 영화도 보러 다니고, 쇼핑할 때도 손발이 착착 맞는다. 어머니는 승현이가 원하는 것이라면 대부분 들어주려고 하신다.

그런데도 승현이가 자꾸만 어머니가 잘해 준 것보다 못해 준 하나를 또렷이 기억하고 있는 까닭은 배은망덕하거나 아직 어려서가 아니다. 뇌의 독특한 기능적 구조 때문이다. 일반적으로 경험은 뇌의 편도체와 대뇌피질이 상호작용해서 통합적으로 기억된다. 이때 편도체는 쉽게 말해 우리를 위험으로부터 보호해 주는 역할을 한다. 뜨거운 냄비에 손을 가까이 댔다가 "앗 뜨거!" 하면서 깜짝 놀랐다고 해 보자. 그러면 편도체는 다음번엔 위험을 피할 수 있도록 다른 경험들과는 다르게 기억을 저장시켜 둔다. 강렬한 감정 그대로 우측 뇌에 각인시켜 두는 것이다. 쥐가 고양이를 보면 재빨리 몸을 숨기는 것도 편도체가 시키는 행동이다.

이처럼 편도체는 우리를 위험으로부터 보호해 주기도 하지만 편도체가 있기 때문에 큰 충격을 받은 일이 훨씬 더 잘 기억

심리학, 열일곱 살을 부탁해

날 수밖에 없다. 유사한 상황만 벌어져도 마음에 남아 있는 상처 즉 '트라우마(trauma)'가 재빨리 강력하게 되살아난다. 승현이의 경우 어머니에게 맞은 기억이 트라우마가 되어 마음속에 남았다. 그처럼 과거의 고통스러운 기억은 마음속에서 곪아 어떤 형태로든지 밖으로 나와 우리를 괴롭힌다. 아홉 번 잘해 준 것은 그저 평범한 일로 기억되어 있을 뿐이고, 한 번 크게 받은 마음의 상처는 고스란히 저장되어 있다가 불쑥불쑥 튀어나오는 것이다. 승현이가 어머니와 다툴 때면 자신도 모르게 그 상처를 떠올리게 되는 것처럼 말이다.

어머니는 "수도 없이 사과했다"라고 말씀하셨지만, 사실 두 사람은 그때의 일에 대해 한 번도 속내를 털어놓고 진지하게 대화한 적이 없었다. 매번 소리 지르며 우는 감정 싸움으로 번져 버렸기 때문이다. 그러니 어머니는 사과했다고 생각했을지 몰라도, 승현이 입장에서는 진지하게 사과를 받고 마음의 상처를 치유할 시간이 없었다.

두 사람은 각자 충분히 사과를 주고받았다고 느낄 만큼 깊은 대화를 나눴고, 이후 과거의 일을 가지고 싸우는 일은 차차 줄어들었다. 어머니도 진심으로 사과를 전했고 승현이도 더 이상 지나간 일로 상처를 헤집지 않기로 약속했기에 가능한 일이었다.

그러므로 부모들은 아이에게 너무 큰 상처를 주지 않도록 노력해야 한다. 아무리 화가 나도 이성을 잃고 아이를 때리는 일은 없어야 하며, 인간적으로 모멸감을 주고 약점을 헤집는 말

또한 삼가야 한다. 열일곱 살 아이들도 무조건 부모를 미워하거나 나에게 상처만 준 사람이라고 몰아세우지는 않기를 바란다. 평소에 좋은 관계를 유지하고 있다면 부모도 언제나 완벽하게 좋은 부모가 될 수 없고, 잘못된 행동을 몹시 후회하고 있다는 걸 조금은 알아줬으면 좋겠다.

엄마를 사랑하면서도
미워하는 딸에게

엄마와 딸은 참 특별하고도 어려운 관계다. 서로를 속속들이 알고 가장 가까운 사이이기도 하지만, 그만큼 서로에게 모질게 상처를 줄 수 있다. "난 엄마가 세상에서 가장 친한 친구야"라고 말하며 드라마에 나올 법한 사이좋은 관계를 자랑하는 경우도 있지만 대부분은 그렇게 간단하게 설명되지 않는다. 서로를 속속들이 알고, 너무 닮은 게 많지만 그만큼 지긋지긋하게 생각하고, 가깝다는 이유로 별생각 없이 한마디 툭 던지며 모질게 상처를 주고받기도 한다.

왜 엄마와 딸은 오로지 사랑과 존중으로 100퍼센트 이어진 관계가 아니라 사랑하지만 미워하면서 상처를 주고받는 복잡

한 애증 관계가 되기 쉬운 걸까?

어렸을 때부터 딸과 엄마는 거의 모든 일상을 공유하며 마치 한 몸인 것처럼 지내곤 한다. 그러나 실은 서로 다른 기질이나 성격인 경우가 많은데, 딸이 점차 자라면서 자신만의 세계를 구축하게 될수록 이 다름의 차이는 점점 벌어지게 된다. 문제는 아무리 가까운 엄마와 딸이라고 해도 각자 개별적인 존재라는 사실을 인정하지 않으면 "넌 도대체 왜 그래?", "엄마는 왜 그걸 몰라? 꼭 그렇게 해야 돼?"라는 식으로 사소한 일에서부터 갈등이 자꾸 생길 수밖에 없다. 이런 식으로 모녀 관계에서 빚어지는 갈등으로 인해 정신적인 고통을 호소하는 사람들을 볼 때마다 나는 '적절함'이라는 단어가 떠오른다.

내가 정신과 의사로서 가장 중점을 두는 부분 중의 하나가 바로 '적절함'이다. 사람의 정신을 정상과 비정상으로 나눈다는 것이 쉽지 않기 때문에 차선책으로써 어떤 행동이 적절하고 어떤 행동은 부적절한지 판단하는 능력이 정신과 의사에게는 매우 중요하다. 하긴 사람이 때와 장소와 상황에 맞는 적절한 말을 구사하지 못하는 것은 큰 문제이므로 '적절함'은 누구한테나 필요한 덕목이라고도 볼 수 있다.

그런데 가깝기만 하면 다 좋을 것 같은 가족일수록 이런 적절함이 매우 중요하다. 특히 엄마와 딸의 관계는 사이가 너무 가까워서 문제인 경우가 많다. 은지가 그런 경우였다. 첫 상담 시간에 어떤 스트레스가 있느냐고 묻자 은지는 주저없이 "우리

심리학, 열일곱 살을 부탁해

엄마가 잘 알고 있어요"라고 대답했다. 나는 물론 엄마니까 잘 아시겠지만 본인만큼 잘 알겠느냐고 되물었다. 그런데 은지는 대기실에 앉아 있는 엄마가 상담실로 들어왔으면 하는 눈치였다. 그 상태로는 더 이상 진척이 없을 것 같아 엄마도 들어오시라고 했다. 그다음부터 내가 질문을 하면 딸과 엄마가 서로 주거니 받거니 대답을 했다. 그야말로 '내 맘이 엄마 맘이고, 엄마 맘이 내 맘이야'인 수준이었다. 간간히 은지가 엄마에게 짜증을 내며 불만스러운 표정을 짓긴 했지만 그것의 정체가 무엇인지는 본인도 모르는 것 같았다.

은지의 문제는 엄마와의 관계가 가까운 것을 넘어서서 '경계'가 없다는 데 있었다. 이를테면 은지가 체중을 관리하는데, 자신이 하는 양 엄마가 더 나섰다. 가족끼리 외식을 나가면 으레 엄마가 "은지야, 우리 1인분 시켜서 나눠 먹자"라고 말했고, 고기를 더 주문하는 아빠에게 "은지랑 나는 배불러요"라고 말했다. 내가 은지에게 "네가 배 부른지 안 부른지 엄마가 어떻게 아시니?"라고 묻자 당황했다. 잠시 후 은지의 대답. "생각해 보니 그러네요. 저는 좀 더 먹고 싶을 때도 있었는데, 엄마가 그렇게 말하니 그런가 보다 했던 거 같아요." 은지가 혼자 인터넷 쇼핑몰에서 옷을 구입했을 때도 마찬가지였다. 엄마는 은지에게 서슴없이 "그건 너한테 안 어울려. 엄마랑 같이 고르지 왜 혼자 골랐니?"라고 말했고 그때마다 은지는 '정말 별로인가'라는 생각을 하게 됐다. 실은 너무 예뻐서 골랐고, 실제로 봐도 마음에 들었는데 말이다. 그런 일이 몇 번 있은 후로 은지는 혼자 뭔가를 결정한다는 게 어려워졌다. 엄마의 의견을 꼭 들어 봐야 할 것 같은 생각이 들어서였다.

은지와 엄마 사이는 매사가 이런 식으로 흘러가고 있었다. 이처럼 엄마가 딸의 모든 것을 조종하려 들면 딸의 자아 발달이 제대로 이루어지지 않는다. 그럴 경우 딸은 엄마 없이 아무것도 할 수 없는 사람이 되고 만다. 엄마의 꼭두각시로 전락하는 것이다.

그러나 아무리 가까워도 엄마는 엄마고, 딸은 딸이다. 서로 분명히 다른 인격체다. 그래서 나는 은지에게 인생의 방향을 좌우하는 커다란 결정이 아닌 이상 혼자 선택하고, 엄마와 의견이 다르더라도 하고 싶은 것을 해 보라고 용기를 북돋워 주었다. 은지 엄마에게는 은지가 시행착오를 겪더라도 믿고 기다려 주었으면 좋겠고, 엄마 자신도 취미 생활을 가지는 게 어떻겠느냐고 권유했다.

어른이 되어 집을 떠나면 엄마와 떨어져 지낼 테고 그러면 자연스레 엄마와의 갈등도 끝날 거라고 생각하는 사람들이 간혹 있다. 하지만 어디에 있든 어린 시절 엄마와 관계를 맺었던 방식은 모든 인간관계에 영향을 끼친다. 게다가 모녀간에 해결되지 못한 문제는 마음속에 남아 있다가 기회만 되면 밖으로 튀어나오려고 한다.

심리학, 열일곱 살을 부탁해

그러므로 지금 열일곱 살에게 필요한 것은 엄마와의 적절한 거리를 찾는 것이다. 그것은 결코 엄마에 대한 반항이 아니다. 그저 건강한 어른이 되기 위해 반드시 겪어야 할 과정일 뿐이다. 아이에게는 아이의 삶이 있으며, 부모에는 부모만의 삶이 있음을 기억하자. 또한 엄마와의 거리 두기는 나 자신에게 어른이 되는 기회를 주는 일이며, 엄마에게 엄마라는 굴레를 벗어날 기회를 주는 것임을 잊지 말자.

아이들이 필요로 하는 건 '내 편'이다

"평상시에 제가 딸아이한테 살 빼라는 얘기를 많이 합니다. 그게 더 건강해 보이고, 자기 관리도 잘하는 사람이라는 인상을 줄 수 있잖아요. 그리고 대학만 들어가면 쌍꺼풀 수술도 해 주고 코도 좀 높여 줄 생각입니다. 뭐 요즘 쌍꺼풀 수술이야 수술 축에도 안 들지 않습니까. 부모가 책임을 져야지요. 물론 제 딸아이니까 제 눈에는 예뻐 보이지만 객관적으로 아쉬운 데가 있지요."

성희 아버지께서 하신 말씀이다. 열다섯 살인 성희가 앞으로 외모 지상주의 사회에서 살아남을 방법은 그것밖에 없다고 결론을 내리신 듯했다. 하지만 아버지의 마음과 달리 옆에 앉아 있는 성희의 어깨는 축 처져 있었다.

"우리 아이는 행동이 좀 굼뜬 편이지요. 대답도 느리고. 그래서 어떤 때는 너무 답답해요. 지난번에는 방 정리 좀 하라고 했더니 세월아 네월아 하면서 초등학교 때 앨범을 보고 있는 거 있죠. 빨리 방 청소 끝내고 학원 가라고 소리를 질렀더니 그때서야 정신을 차리더라고요. 그러니 제가 잔소리를 안 할 수가 있겠어요? 어떻게든 애를 빠릿빠릿하게 만들어야지, 그렇지 않으면 요즘 같이 바쁘게 돌아가는 세상에서 우리 애는 뒤처지기 딱 좋게 생겼다니까요."

느긋한 성격의 열여섯 살 경남이를 옆에 앉혀 두고 경남이 어머니께서도 이렇게 말씀하셨다. 어머니는 아이를 세상이 원하는 사람으로 만들고 말겠다는 사명감을 가지고 계신 듯했다.

부모라면 누구나 아이가 큰 어려움 없이 세상을 살아 나가길 바란다. 혹시나 사람들로부터 상처받지 않을까 남들보다 뒤처져서 낙오자가 되면 어떡하나 늘 노심초사하면서 아이가 험한 세상을 살아갈 힘을 갖기를 바라는 것이다. 그런데 문제는 아이를 세상의 기준에 맞추려고 하다 보니 자꾸만 부모가 세상의 시선을 대변하게 되는 데 있다. 아이에게 "외모가 아쉬우니까 고쳐야지"라고 말하고, "느리면 안 돼"라고 말하는 게 정말 아이를 위한 것일까?

아이 입장에서는 어떨까. 아이가 부모의 마음을 이해하고 고맙게 받아들일까? 아니면 '나를 낳아 준 부모도 나의 생김새를,

나의 행동을 마땅치 않게 여기는구나'라고 생각할까? 안타깝게
도 후자다. 아직 어려서가 아니라 그게 사람의 마음이다.

입장을 바꿔 놓고 생각해 보자. 우선 아버지들께 여쭤 보고
싶다. 회사에서 상사에게 업무와 관련해 호된 지적을 받고 퇴근
했는데 아내가 "그러게 잘 좀 하지. 당신은 왜 일 처리를 깔끔하
게 못해?"라며 상사와 똑같은 말을 한다. 아내의 마음은 알지만
서운하지 않겠는가? 어머니들께도 여쭤 보고 싶다. 동네 아줌마
들이 은근히 살을 빼라고 한다. 물론 건강관리 차원에서도 운동
을 좀 해야겠다고 마음을 먹고 있던 터였다. 하지만 주변 사람
들의 반응에 스트레스를 받은 당신이 남편에게 물었다. "여보,
나 그렇게 보기 흉해?" 그때 남편이 "음, 솔직히 뚱뚱하긴 하지.
얼굴도 예전보단 못하고 말이야"라고 말하면 운동할 의욕이 생
기겠는가?

아이들은 부모가 굳이 말해 주지 않아도 세상이 험난하다
는 것을 이미 충분히 알고 있다. 그러므로 부모가 세상 사람들
의 시선을 대변할 필요는 없다. 아이들에게 지금 필요한 건 생
각만 해도 든든한 힘이 되어 주는 '내 편'이다. 나쁜 성적을 받아
와도, 좋은 학교에 들어가지 못해도, 실수를 하더라도 못났다고
내치지 않고 나를 기꺼이 받아 줄 내 편 말이다.

소설 《열일곱 살의 털》에서 주인공인 일호도 마찬가지였다.
매년 그랬듯 열일곱 살 생일도 할아버지가 해 주는 이발로 맞이
한 일호는 공부도 꽤 하고 단짝 친구도 있는 지극히 평범한 학

생이다. 그런데 체육 선생님이 두발 규정을 어긴 아이의 머리에 라이터를 들이대는 것을 본 순간 더 이상 '범생이 1호'이기를 포기한다. 단지 '오삼삼(앞머리 5센티미터, 윗머리 3센티미터, 뒷머리 3센티미터)'을 지키지 않았다는 이유로 학생의 인권을 무시하는 처사를 견딜 수 없었던 것이다.

'두발 규제 폐지서'를 만들어 친구들과 시위를 하려던 일호는 유인물이 발각되는 바람에 모두 수포로 돌아가고 만다. 대신 아버지와 함께 선생님께 불려 간다. 선생님은 일호가 어른들의 사주를 받고 불순한 의도로 아이들을 선동하려 했다고 몰아세우는데 아버지는 차분한 목소리로 말한다. "우리나라 학교가 본래 규율을 지나치게 강요하고 아이들은 무조건 복종하도록 만드는데, 이제 바뀔 때가 되지 않았습니까? 선생님들께서 진작 두발 규제에 대해 학생들의 의견에 귀를 기울였다면 우리 애가 이렇게까지 나서지 않았겠지요. 인간은 누구나 자유를 지향합니다. 저는 우리 애 행동이 크게 문제가 되지 않는다고 봅니다."

아버지가 선생님께 머리를 조아리며 "제가 자식 교육을 잘못시켰습니다"라고 말할 줄 알았던 일호는 순간 가슴이 벅차오름을 느낀다. 무엇보다 일호의 가슴을 뭉클하게 만들었던 건 다름아닌 "우리 애"라는 말이었다. 그 일로 인해 일호는 아버지가 자신을 대신해 싸워 주지는 않더라도 끝까지 자신을 믿어 줄 거라는 확신을 갖게 되고, 더욱 용감해진다. "우리 애"라는 말, "나는 우리 아이 편입니다"라는 그 말이 가진 힘은 이렇게 세다.

나는 부모가 내 편이라고 확신하는 아이들이 나약한 경우를 본 적이 없다. 오히려 그 아이들은 실수와 모험을 두려워하지 않았고, 세상과 당당히 마주 설 줄 알았다. 믿는 구석이 있는 아이는 표정부터가 다르다. 뭘 해도 괜찮다고 믿어 주는 부모가 있는데 무엇이 두렵겠는가.

심리학, 열일곱 살을 부탁해

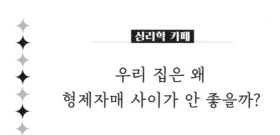

우리 집은 왜
형제자매 사이가 안 좋을까?

형제자매 사이라는 건 참 복잡하고 오묘한 관계다. 같은 부모님에게서 나고 자라 서로를 가장 잘 이해해 줄 법도 한데 성격도 딴판, 얼굴만 봤다 하면 으르렁대는 형제자매가 더 많다. 동생이나 언니, 오빠가 일이 잘 안 풀려서 고민이 많으면 신경이 쓰이고 안쓰럽다가도 나보다 잘난 게 하나라도 있으면 괜히 질투가 나고 때론 얼굴도 보기 싫을 정도로 밉다. 그런데 부모님은 "너희들은 왜 그 모양이니? 다른 집 봐라. 형제가 서로를 얼마나 아끼는데"라고 말씀하신다.

부모님의 말씀대로 다른 집은 다 형제 사이가 좋은데, 우리 집만 안 좋은 걸까? 그건 아니다. 나는 오히려 형제자매 사이가 항상 좋은 집을 본 적이 거의 없다. 가족 관계에서 서로가 서로를 놓는 것은 지극히 당연한 일이다. 그러다 보니 친구에게 도움을 받으면 고맙다는 생각이 들지만 언니나 오빠에게 도움을 받으면 고마운 마음이 별로 들지 않는다.

그리고 가족은 무슨 일이 있어도 함께 있을 게 분명하기 때문에 아무래도 노력을 덜 하게 된다. 가깝다는 이유로 소홀히 대해도 봐줄 거라고 생각하고, 가족이니까 내 짜증과 불평도 당연히 받아줘야 한다고 생각한다. 서로 좋은 감정보다 서운한 감정이 더 많을 수밖에 없다.

게다가 형제자매는 선택을 할 수 없는 관계다. 그가 과연 나랑 맞을지, 형제자매로 받아들여도 좋을지 고민해서 선택한 게 아니라 태어나 보니 이미 내 형제자매였다. 친구는 애초에 나와 잘 맞지 않으면 같이 안 놀면 그만이다. 반면 형제자매는 나와 잘 맞지 않아도 어쨌든 함께 지내야 한다. 조금이라도 떨어져 지낼 수 있으면 덜 싸울지도 모르겠지만 그런 것도 아니다. 친한 친구도 같이 살면 사이가 멀어질 수 있다는데 허물며 몇십 년을 함께 사는 형제자매 관계는 오죽할까.

가족이기 때문에 그 누구보다 가깝다고, 그래야 한다고 생각하지만 사실은 그렇지 않다. 형제자매 사이에도 건널 수 없는 강이 흐를 수 있다. 그러니 무조건 잘 지내야 한다는 강박관념은 버리자. 차라리 한 달에 한 번만이라도 정말 재미있게 지내보기로 작정하고 함께 외출해서 영화도 보고 수다도 떨어 보는 건 어떨까? 집 안에서 복닥거리며 사소한 것으로 싸우지 말고 친구처럼 밖에서 만나 본다면 집에서 보지 못한 새로운 모습을 발견할 수도 있을 것이다.

절대 부모를 닮고 싶지 않다는
아이들에게

초등학교 때의 일이다. 하루는 고등학생인 오빠가 씩씩거리며 화를 내는데 아빠랑 닮았다는 생각이 들었다. 그래서 무심결에 오빠에게 그랬다.

"오빠, 아빠랑 똑같이 왜 그래?" 순간 오빠는 굳어 버린 듯했다. 그리고 잠시 후 나를 노려보면서 뭔가 많이 참는 듯한 목소리로 말했다.

"아니야, 나는 아버지하고는 달라."

그때 나는 많이 어렸지만 다시는 오빠에게 그 말을 하면 안 되겠다는 생각은 했던 것 같다. 어느덧 그 일이 내 기억에서 사라져 갈 즈음, 우연히 만나게 된 시 한 편.

아버지를 증오하면서 나는 자랐다,
아버지가 하는 일은 결코 하지 않겠노라고
이것이 내 평생의 좌우명이 되었다,
(중략)
나는 내가 잘못했다고 생각한 일이 없다,
일생을 아들의 반면교사로 산 아버지를
가엾다고 생각한 일도 없다, 그래서
나는 늘 당당하고 떳떳했는데 문득
거울을 쳐다보다가 놀란다, 나는 간 곳이 없고
나약하고 소심해진 아버지만이 있어서,

-신경림, 〈아버지의 그늘〉 중에서

나는 이 시를 읽으며 흠칫했다. 오빠에게 아버지는 그렇게도 닮기 싫은 존재였단 말인가. 분명한 사실은 오빠는 아버지와 달랐다는 것이다. 아니, 적어도 다르기 위해 필사적으로 노력했다.

상담을 하다 보면 부모 이야기라면 치를 떨면서 "저는 절대 그렇게 되지 않을 거예요"라고 말하는 아이들이 있다. 사소하게는 부모가 지나치게 엄격하거나 무능해서, 심각하게는 폭력을 저지르거나 외도를 해서 등 이유는 다양하다. 그리고 자신이 부모가 되었을 때 부모를 닮지 않기 위해 애쓴다. 문제는 그렇게 한다고 해서 자신이 생각했던 결과가 항상 나오는 것은

심리학, 열일곱 살을 부탁해

아니라는 점이다.

아버지의 지나친 간섭이 지긋지긋했던 아이는 자라서 아버지가 되자 자녀에게 한없는 자유를 주었다. 그렇게 하면 자녀가 정말 날개를 단 듯, 세상을 자유롭게 살아갈 거라고 확신하면서 말이다. 하지만 자녀는 계획성이 없고 매사에 막무가내로 행동해서 늘 골치를 썩였다.

아버지의 간섭을 심하게 받았던 또 다른 아이는 나중에 아버지가 되자 자신의 부모와 똑같은 방법으로 자녀를 대했다. 귀가 시간을 제한하고, 누구를 만나러 가는지도 일일이 확인했다. 부모님의 간섭이 너무나 싫었지만 자녀를 양육하는 다른 방법을 몰랐기 때문에 보고 배운 그대로 할 수밖에 없었다.

이렇듯 아이를 키운다는 것은 사실 마음 먹은 대로 되는 것은 아니다. 첫 번째 예처럼 내가 길러진 방식과 반대로 자식을 키운다고 해서 좋은 결과를 낳는다는 보장도 없다. 두 번째 예처럼 너무 싫지만 다른 방법을 몰라 똑같은 실수를 반복하는 경우도 있다.

내 친구 중 한 명은 알코올중독인 아버지 밑에서 자라며 술이라면 몸서리를 쳤다. 술 때문에 자신뿐만 아니라 가족 모두가 피폐해지는 모습을 보고 자란 터라 친한 친구들과 만나는 술자리에서조차 술을 입에 한 모금도 대지 않았다. 아버지로 인해 얼마나 힘들었으면 저 정도일까 충분히 그 마음이 이해가 됐다. 하지만 한편으로는 좋은 자리에서 즐거운 시간을 가질 때조차 아버지의 그늘에서 벗어나지 못하는 그 친구가 안타깝게 느껴졌다.

　나는 열일곱 살 아이들이 "나는 엄마/아빠를 닮았다는 소리가 제일 끔찍해요"라고 말할 때 크게 걱정하지는 않는다. 발달 과정상 부모를 평가하는 것은 10대가 부모로부터 독립하기 위해 필연적으로 거쳐야 하는 관문이기 때문이다. 하지만 내 친구처럼 너무 얽매이게 되면 도리어 그에 갇혀 버리게 된다. 부모의 그늘을 영영 벗어나지 못하게 된다는 말이다. 이보다 슬픈 일이 어디 있겠는가. 세상의 모든 부모 또한 자식이 그렇게 되기를 바라지는 않을 것이다.

　나는 그래서 아이들에게 감히 부모를 싫어하는 게 죄스러워 자신을 괴롭히지는 말라고 당부한다. 무엇보다 중요한 사실은 부모의 싫은 면을 내가 가지고 있을 수도 있지만, 그런 면을 다른 사람들에게 보일지 말지는 내 선택에 달려 있다는 것이다. 내가 부모와 똑같이 행동하는 것도 내 선택이요, 내가 그런 모습을 남들에게 보이지 않으려고 노력하는 것 또한 내 선택이다. 그러므로 싫은 게 있고, 닮고 싶지 않은 게 있다면 두려움에 떨기보다 그러지 않기 위해 노력하면 된다. 아직 어른이 되지 않았다는 것은 그런 의미에서 굉장히 좋은 일이다. 나를 바꾸어 나갈 시간이 그만큼 남아 있다는 뜻이니까.

　그리고 부모의 단점을 닮았다면 부모의 장점 또한 닮은 부분

　심리학, 열일곱 살을 부탁해

이 있을 것이다. 싫은 점이 보이더라도 좋은 점을 먼저 보려 노력하고, 그것을 닮으려고 애쓰면 문제 될 게 없다. 설령 부모에게서 좋은 점을 발견할 수 없다 하더라도 다른 어른들의 모습을 보며 자신이 되고 싶은 모습을 그려 나가면 된다. 이런 과정을 통해서 자신을 조금씩 더 괜찮게 만들어 갈 수 있다.

물론 하루아침에 엄청난 변화가 생기지는 않을 것이다. 아버지를 닮아 나 또한 고집이 세다면 그게 어떻게 쉽게 바뀌겠는가. 하지만 작은 변화들이 모이고 모이다 보면 20대, 혹은 30대에는 부모의 장점을 이어받고 단점을 보완한 참으로 괜찮은 내가 될 수 있다.

10대가 부모에게
바라는 한 가지

"너만 잘 되면 엄마는 괜찮다."

"네가 행복해야 부모인 우리도 행복하다."

부모들이 지금도 어디선가 자녀들에게 하는 말이다. 자녀를 아끼고 사랑하는 마음이야 모르는 바 아니지만 듣는 아이 입장에서는 부담스럽기 짝이 없다.

만약에 아이를 위해서 불행한 결혼 생활을 견디는 엄마가 있다고 해 보자. 아이를 위해서 자신을 희생한다고 생각하면 부모 노릇이 그저 괴롭고 힘들 수밖에 없다. 그러면 자신이 희생하는 만큼 은연중에 아이에게도 바라는 게 많아진다. 아이가 기대만큼 따라오지 못하면 아이를 닦달하며 자신이 못 다 이룬 꿈을 대신 이뤄 주기를 강요하게 된다. 그래서 불행한 엄마는 아이마저 불행하게 만든다. 더 끔찍한 사실은 불행한 엄마는 자신만 고통스럽다고 생각할 뿐 아이가 그로 인해 얼마나 고통받는지 모른다는 점이다.

불행한 부모 밑에서 자란 아이는 결코 행복을 배울 수 없다. 그 아이에게 인생은 그저 '누군가를 위해 자신을 희생하면서 억울해하고 괴로워하는 것'에 불과하다. 그러므로 아이를 위해서 불행을 견뎌 봤자 누구에게도 도움이 안 된다. 《즐거운 나의 집》의 주인공 위녕이 그런 경우였다.

위녕에게는 이혼을 해서 각자 새로운 가정을 꾸린 엄마와 아빠가 있다. 그리고 아빠가 각각 달라 성도 다 다른 동생이 3명 있다. 혼란스러운 성장 과정 속에서 위녕은 남들 앞에서는 씩씩한 척하지만 자신은 너무 부당하게 취급받았고, 너무 많이 거부당했으며 언제나 외톨박이가 되어야 했다고 생각한다. 그런 위녕이 어느 날 아빠를 만나러 간다. 자신에게 한 번도 미안하다고 말한 적이 없는 아빠에게 따지기 위해서였다.

"나는 차라리 아빠가 그 모든 것을 아빠를 위해서 했다고 했다면 이해했을 거야. 아빠의 행복을 위해서, 엄마랑 헤어지고 나서 정말 아빠가 다시 행복해지기 위해서 새엄마랑 결혼하는 거라고 했다면, 위현이를 낳은 것도, 나를 혼내는 것도, 언제나 새엄마의 편을 들었던 것도 다 아빠의 행복만을 위해서라고 했다면, 나는 적어도 아빠를 위해 참을 수도 있었을 거야. 하지만 아빠는 나를 위해서라고 말했어. 나는 그 모든 것이 너무나도 혼란스러웠어."

아빠는 끝내 위녕이 그렇게 듣고 싶어 하는 "미안하다"라는 말을 해 주지 않는다. 오히려 자신은 위녕을 위해서 최선을 다했노라고 항변한다.

끝내 울먹이는 위녕을 보는데 가슴이 시려 왔다. 아빠가 행복해지고 싶어서 그랬다면 재혼한 것도, 새엄마 편을 드는 것도 괜찮다는 데 왜 아빠는 그 마음을 몰라주는 걸까? 아빠는 위녕을 위해서 최선을 다했다고 하지만 그 모든 것이 위녕에게 상처가 되었다면 그래도 아빠의 선택이 옳다고 할 수 있을까? 정말이다. 위녕처럼 모든 아이들은 부모가 먼저 행복하고 만족스러운 삶을 살기를 희망한다. 심지어 그럴 때 자신이 훨씬 더 편하고 좋다고 말한다. 이에 대해 심리학자 대니얼 고틀립은 《샘에게 보내는 편지》라는 책을 통해 부모가 자기 인생을 살지 못하면, 자기 문제를 해결하지 못하고 자기 삶을 누리지 못하면 그 이자는 고스란히 자녀들이 갚아야 할 빚이 된다고 경고한다. 그의 말을 옮겨 보면 다음과 같다.

"놀랍게도, 많은 부모들은 자기 아이들이 부모 걱정을 얼마나 많이 하는지 전혀 모르고 있다. 부모는 자녀들에게 자신의 스트레스를 감추기 위해 조심한다고 할지 모르지만 대부분의 자녀들은 부모의 근심 걱정이 무엇인지 잘 알고 있고, 또 그로 인해

심리학, 열일곱 살을 부탁해

자신의 삶에 엄청난 영향을 받고 있다. 부모가 겪고 있는 스트레스가 많은데, 자기까지 스트레스를 줘서는 안 된다고 생각하는 학생들도 의외로 많았다. 그런 아이들은 제 부모가 힘들어하는 만큼 자신의 인생을 힘들게 만든다. 또 그런 아이들은 아무리 심각한 문제가 생겨도, 부모에게 말하지 않고 혼자 속으로만 끙끙 앓는다. 부모에게 걱정을 끼치고 싶지 않은 것이다."

경제적인 문제만 해도 그렇다. 경제적인 어려움에 처한 가정의 청소년과 상담을 하다 보면 상당히 특이한 점이 눈에 띈다. 막상 문제를 해결해야 할 주체인 부모는 "돈이야 뭐, 있다가도 없고 없다가도 있는 거지요. 요즘 좀 어렵기는 하지만 그렇다고 그렇게까지 심각한 정도는 아니에요"라고 말한다. 그런데 아이는 집안이 어렵다는 사실을 굉장히 심각하게 받아들인다.

그도 그럴 것이 청소년의 경우 아직 돈을 벌 수 있는 나이가 아니기 때문에 경제적인 궁핍은 그들에게 그야말로 앉아서 당할 수밖에 없는 재앙이다. 부모가 경제적 어려움으로 아무리 스트레스를 받아도 자신이 할 수 있는 게 아무것도 없다. 그러다 보니 아이들은 문제집을 사야 하고 용돈이 필요한데도 혼자 끙끙 앓고, 부모보다 더 심각하게 받아들인다.

부모라면 자식 걱정을 안 할 수가 없다. 몸이 약하다고 걱정하고, 공부하느라 힘들까 봐 걱정한다. 또 아이에게 친구가 있으면 있는 대로 걱정, 없으면 없는 대로 걱정한다. 그야말로 잘

해도 걱정, 못해도 걱정인 게 바로 부모 마음이다. 그래서 아이 앞에서는 부모의 문제가 없는 척, 괜찮은 척한다.

하지만 부모의 삶의 행복하지 않으면 아이의 미래 또한 결코 밝을 수 없다. 아이는 부모의 인생에서 자신의 인생을 보는데, 걱정과 스트레스, 억지로 참은 불행뿐인 미래를 누가 맞이하고 싶겠는가. 그러므로 부모가 자식을 키우면서 가장 먼저 해야 할 일은 자신의 삶을 잘 살아가면서 행복해지는 것이다. 아이는 행복한 부모를 보며 행복한 미래를 꿈꾼다는 사실을 기억하기 바란다.

심리학, 열일곱 살을 부탁해

4장

지금
내겐 친구가
필요해

사람은 무엇으로 사는가

"어렸을 적에는 말을 심하게 더듬었거든. 모두가 나를 업신여기고 괴롭혔지. 말 더듬는 건 고쳤지만 어느 누구에게도 가까이 가지 않으려고 했어. 나를 놀렸던 사람들에게 복수하는 길은 출세와 성공밖에 없다고 생각했지."

스텐 툴러가 쓴 《행운의 절반, 친구》에서 주인공인 조 콘래드가 한 말이다. 말을 더듬는 버릇 때문에 '떠듬이 조'라고 놀림받고 멸시를 받은 그는 성공을 인생의 최대 목표로 삼고 앞만 보며 달려간다. 그에게 있어 중요한 것은 '먹느냐, 먹히느냐'의 문제뿐이기에 사람의 진심 따위에는 별 관심이 없다. 그래서 조는 사람들이 친한 척하는 것도 다 나름의 속셈이 있기 때문이라고

만 생각해 누군가 자신에게 다가오는 것을 꺼린다.

그러던 어느 날, 조는 회사 사상 최고 금액의 광고 프로젝트를 따내고 22만 달러라는 엄청난 인센티브를 약속받게 된다. 누군가와 그 기쁨을 나누고 싶지만 그의 곁에는 축하해 줄 사람이 아무도 없다. 팀원들은 회식을 하자는 그의 말에 다들 없던 약속을 핑계로 서둘러 나가 버리고, 여자 친구인 마시는 자신의 괴로움만 늘어놓는다. 조는 급기야 여자 친구와 다투기까지 한다. 원하는 것을 이루었는데도 성취감과 만족감을 느끼기는커녕 외로움과 공허함만을 느끼는 조. 하지만 조는 여전히 그 까닭을 모른 채 이렇게 생각한다.

'쳇, 내가 호의를 보인들 알아줄 사람이 있어야 말이지. 마시는 자기가 이 세상에서 제일 힘든 사람이라면서 끊임없이 보챌 테고, 팀원들은 나를 왕따시키지 못해서 안달인데……'

우리는 누구나 성공을 바란다. 그러나 그 성공이 누군가를 짓밟고 올라가서 거둔 성공이라면 외로울 수밖에 없다. 하지만 대학 입시를 위한 좋은 성적에 목숨 걸어야 하는 고등학생들은 종종 친구를 외면하게 된다. 친구가 '선의의 경쟁자'를 넘어서 '내가 점수를 잘 받으려면 꼭 물리치고 어떻게든 이겨야 할 적'이 되어 버리는 것이다. 그래서 친구가 나보다 성적이 좋으면 왠지 모를 열등감에 차츰 멀어지기도 한다. 친구와 성적 중 하나를 선택하라고 했을 때 친구를 선택할 고등학생이 대한민국

심리학, 열일곱 살을 부탁해

에 과연 몇 명이나 있겠는가.

그러다 보니 애써 친구를 사귈 필요가 없다고 생각하는 아이들도 있다. 친구와의 사이에서 이런저런 갈등 속에 상처를 입으니 외톨이가 편하다고 생각하는 것이다. 나는 친구들과 만나는 시간은 그저 소모전에 불과하며, 사람들과 만나는 게 귀찮을 뿐이라고 거리낌 없이 말하는 아이들이 너무나 안타깝다. "인간미가 무슨 소용이냐, 능력과 돈만 있으면 안 될 게 없다"라는 승자 독식의 사회가 아이들을 괴물로 키우고 있다는 생각이 들기 때문이다.

이 아이들은 자기 세계에 갇혀 세상과 소통하기를 거부한다. 그냥 그게 편하다고 말하면서 말이다. 하지만 그것은 거꾸로 그들의 마음이 얼마나 공허한지를 보여 주는 증거다. 누군가 자신에게 다가오면 그의 공격에 자신이 무너지고 말까 봐 두려워하는 것이기 때문이다. 진짜 무서운 외로움은 자기가 외로운지조차 모르는 것이란 말이 있다. 허약한 자기 세계를 방어하는 데 모든 에너지를 쏟아붓는 아이들은 결국 스스로 만든 소외감 때문에 외롭고 불행한 삶을 살게 된다. 처음에는 내가 사람들을 피했는데, 나중에는 사람들로부터 나 혼자 고립되는 꼴이 되고 만다. 엄청난 성공을 했는데도 곁에 축하해 줄 사람이 없어 외로움과 공허함을 느껴야 했던 조처럼 말이다.

물론 청소년들에게 고등학교 일정은 빡빡하기 짝이 없다. 주어진 공부를 따라가는 것도 벅찬데 친구 관계도 중요하다는 말은 부담으로 들릴 수 있다. 그러나 친구 관계가 좋은 아이들은 적어도 "고등학교 3년이 지옥이었다"라고만 이야기하지 않는다. 오히려 친구들이 있어 그나마 힘든 시절을 잘 보낼 수 있었다고 얘기한다.

우울증이 있는 경우에도 평소 친구 관계가 좋았던 아이는 증상이 조금만 호전되면 재빨리 원래의 모습을 되찾는다. 하지만 평소에 친구들과의 교류가 전혀 없어 외톨이로 지냈던 아이는 우울증으로부터의 회복이 쉽지 않을뿐더러, 조금 호전이 되어도 또다시 학교생활을 하다 우울 증상이 심해지는 경향을 보인다.

다행히 조에게는 친구가 생긴다. 어느 날 우연히 들어간 '맥스 플레이스'라는 커피숍에서 주인인 맥을 만나게 되고 그와의 만남을 통해 조는 꽁꽁 닫아 두었던 마음을 열게 된다. 그리고 더 나아가 사람들과 어울리며 사는 삶이 얼마나 풍요롭고 아름다운지를 깨닫게 된다. 그래서 나는 맥의 말에 동의한다. "기쁨이든 슬픔이든 함께 나눌 수 있는 친구가 있다는 건 정말 행복한 일이야. 친구는 가장 가까이에 있는, 예약할 필요가 없는 최고의 심리 치료사라네. 친구에게 털어놓는 것만으로도 마음속 깊은 곳에 감춰져 있던 상처가 깨끗하게 치료되곤 하지."

정말이다. 대학 입시를 향해 3년 내내 달려야 하는 고등학교 시절, 친구는 공기와도 같이 없어서는 안 될 존재다. 무엇보다 친구는 부모를 사랑하다가도 증오하며, 부모에게 반항하다

심리학, 열일곱 살을 부탁해

가도 기대는 나를 이해해 준다. 좋아하는 사람이 생기면 겉으로는 놀리면서도 나를 응원해 주고, 맘에 안 드는 선생님을 대신 욕해 주기도 한다. 아직은 무력한 내가 미지의 세계에 대한 두려움을 극복하고 꿋꿋이 헤쳐 나가는 데 있어 든든한 동지가 되어 준다.

그러나 무엇보다 친구의 가장 중요한 역할은 나 자신을 비춰 주는 거울이라는 데 있다. 친구라는 거울을 통해 우리는 나 자신을 돌아보고 자아 존중감을 쌓아 간다. 물론 부모님을 통해서도 나 자신을 이해하게 되지만 부모님은 나에 대해 객관적일 수 없다. 또한 부모님은 일단 나를 가르치려 들지만 친구는 먼저 나를 이해해 주려고 한다. 그렇기 때문에 친구는 나의 일부분인 것처럼 '보조 자아' 역할을 한다. 청소년기에 만난 친구가 인생에 커다란 영향을 끼치는 이유는 바로 여기에 있다.

신이 모든 곳에 있을 수 없기에 각자에게 어머니를 만들어 주었다고 했던가. 그렇다면 신은 우리에게 세상을 살아가는 지혜를 가르치기 위해 다양한 친구를 만들어 주었다고 해도 과언이 아닐 것이다.

이제 스스로에게 물어보자. 과연 나에게는 평생 함께하고픈 친구가 있는지 말이다. 발견했다면 그것은 두말할 나위 없이 인생의 가장 큰 행운이다. 아직 발견하지 못했더라도 좌절할 필요는 없다. 열일곱 살에게는 아직 시간이 충분히 남아 있기 때문이다.

나도 인기가 많았으면 좋겠다

《해리 포터》에서 해리 포터의 친구 론 위즐리, 《치즈인더트랩》에서 홍설의 친구 장보라, 《꽃보다 남자》에서 마키노 츠쿠시의 친구 마츠오카 유키. 이들의 공통점은 무엇일까?

그것은 바로 이들이 모두 주인공의 친구라는 점이다. 물론 작품들이 워낙 유명한 탓에 이들도 꽤 인기가 있는 편이다. 하지만 보통 만화나 드라마에 등장하는 주인공의 단짝 친구는 그 이름조차 기억나지 않는 경우가 대부분이다. 별다른 개성 없이 지극히 평범하거나, 어딘기 모지린 듯한 구석을 사시고 있는 그들은 주인공에 비해 외모도 떨어지고 인기도 떨어진다. 그러면서도 속없는 사람처럼 항상 주인공을 열심히 따라다닌다. 무엇보다 주인공의 친구가 가지는 가장 중요한 특징은 존재감이 작다는 것이다.

그런데 누군가 열일곱 살에게 주인공의 단짝 친구를 닮았다고 얘기한다면 어떨까? 아직 자아 정체성이 확고하지 않은 열일곱 살에게 그 말은 청천벽력과도 같다. 인기야말로 또래 집단에서 자신이 어떤 존재이며 어떤 대우를 받는가를 단적으로 보여 주는 척도인데, 누가 인기 없고 존재감도 없는 주인공 친구를 좋다고 하겠는가.

인기 많은 친구를 보면 너무 부럽다. 요즘은 특히 '인싸'라고 한다지. 아는 사람도 많고, 누구를 만나든 어려워하지 않고 잘 어울려 지내는 사람을 향한 부러움이 담겨 있는 말이다. 내가 인싸라면, 인기가 있으면 학교생활도 정말 신날 것 같다. 내 생일을 친구들에게 먼저 알려 줄 필요가 없을 테고, 내가 아무리 썰렁한 이야기를 해도 귀 기울여 줄 테니까. 내 패션과 행동을 따라 하는 아이들도 저절로 생겨날 테니까. 내 생일날 친구들이 깜짝 파티를 열어 준다면 얼마나 행복할까.

사회학자인 수터와 리비스는 496명의 대학생들을 대상으로 고등학교에서 친구들로부터 인기와 명성을 얻을 수 있는 다섯 가지 방법이 무엇이냐고 물었다. 그 결과 남학생의 경우 운동, 성적과 지능, 경제적 능력 등이 차례대로 높은 점수를 얻었다. 반면 여학생은 인기의 가장 중요한 요인으로 신체적 매력을 꼽았으며, 그다음으로 사교성, 성적과 지능 등을 꼽았다. 즉 운동을 잘하고 성적이 뛰어난 남학생과 호감 가는 외모에 사교성이 좋은 여학생은 인기가 매우 높다는 말이다. 그렇다면 운동을 잘하기는커녕 제대로 하는 것도 없고, 성적도 중간밖에 안 되는 나는 인기가 없는 게 당연한 걸까? 나는 결국 사람들에게 주목받는 중요한 사람이 될 수는 없는 걸까?

결론부터 말하자면 그 답은 'NO'다. 많은 심리 전문가들이 친구들에게 인기를 얻는 가장 큰 비결로 꼽는 것은 바로 친구에 대한 이해와 공감 능력이다. 사람은 기본적으로 자기 일이 아닌 남의 일에 관심이 없다. 그저 자기 자신에게 관심이 있을 뿐이다. 그런데 만약 상대방이 내가 중요하게 생각하는 문제에 관심을 보이며, 내 이야기를 잘 들어 주고, 나를 이해해 주면 상대방에게 호의를 가지게 된다. 내가 만난 수많은 10대들도 마찬가지였다. 보통 친한 친구가 누구이며, 왜 친하다고 생각하는지 물어보면 "그 친구는 내 이야기를 정말 잘 들어 줘요", "걔는 내 베프인데 정말 좋은 아이예요. 그 아이에겐 다 털어놓게 되죠"라고 말한다. 정작 10대들이 친구에게 바라는 것은 이해와 공감임을 알 수 있는 대목이다. 그렇다면 좀 더 구체적으로 친구들의 마음을 얻을 수 있는 방법으로는 어떤 게 있을까?

1. 잘 들어 주는 것이 먼저다

상대방을 재미있게 해 준다며 쉴 새 없이 혼자 떠들어 대는 사람들이 있다. 그들은 자기가 좋아하는 것이면 상대방도 분명 좋아할 것이라고 생각한다. 하지만 그것은 그들의 착각일 뿐이다. 상대방은 지루한 이야기가 빨리 끝나기만을 기다리고 있을지도 모른다. 대화를 잘 이끌어 나가는 사람들은 말을 그리 많이 하지 않는다. 대신 그들은 상대방에게 질문을 던지고 그 대답을 주의 깊게 듣는다. 그게 뭐 그리 어려운 일이냐고 반문할지도 모르겠지만, 주위를 둘러보면 상대방의 이야기에 진심으로 귀 기울이는 사람을 찾기란 그리 쉽지 않다. '경청'이란 상대방의 말을 들으며 그 말에 숨어 있는 마음까지도 이해하려는 고난이도의 작업이기 때문이다. 경청을 하기 위해서는 나의 온 에너지를 모아 상대방에게 집중할 수 있어야 한다. 하지만 이야기를 듣다 보면 나도 모르게 끼어들고 싶어지고, 내 이야기를 하고 싶어지게 마련이다.

친구들의 마음을 얻고 싶다면 그러한 충동을 참아 내고 '잘 듣기'부터 실천에 옮길 수 있어야 한다. 그 친구의 관심사가 무엇인지, 중요하게 생각하는 것은 무엇인지 주의 깊게 듣다 보면 어느 순간 그 친구와 가까워져 있는 나를 발견하게 될 것이다.

2. 함부로 친구를 비판하지 마라

만약 친구가 뭔가 잘못된 생각을 하고 있으면 나라도 바로잡아 주고 싶은 마음이 든다. 만약 친구와 의견 대립이 생기면 나는 옳고 친구가 틀렸다는 생각이 들어 자꾸만 충고를 하고 싶어진다. 이처럼 다른 사람의 부정적인 면을 접했을 때 그것을 비난하거나 비판하지 않는 것은 무척이나 힘든 일이다. 이에 대해 심리학자인 스키너는 이렇게 말했다. "비난으로는 진실한 변화를 기대할 수 없고 오히려 잦은 분노만 유발할 뿐이다." 왜냐하면 세상에 비난을 좋아할 사람은 단 한 사람도 없기 때문이다. 그리고 아무리 건설적인 비판이라도 단어를 신중하게 선택하지 않으면 상대방에게 큰 상처를 안길 수도 있으니 비판과 충고는 웬만하면 안 하는 게 좋다.

3. 때때로 상대방의 입장이 되어 보아라

내가 실수를 했는데 "왜 그랬어?"라는 말을 들었다고 치자. 그러면 분명 내가 잘못했음에도 방어적으로 마음을 닫아 버리게 된다. 아무 말도 하고 싶지 않은 상태가 되는 것이다. 그러나 친구가 나에게 "많이 속상하겠다"라고 말을 하면 나도 모르게 마음의 빗장을 열고 친구에게 속상한 마음을 털어놓을 수 있다. 상대방의 입장에 서서 그 마음을 이해하려고 노력해야 하는 이유는 바로 여기에 있다. 상대방의 마음을 헤아리는 사소한 말 한마디와 행동 하나가 성공적인 대인 관계를 결정짓는다.

더 이상 '왜 나는 인기가 없는 걸까?'라고 고민하지 말자. 내가 먼저 친구들에게 마음을 열고 손을 내밀면 된다. 내가 진심을 다한다면 그 친구들은 기꺼이 내 손을 잡아 줄 것이다. 그래서 일찍이 세계 최고의 자기계발 컨설턴트인 데일 카네기는 이런 말을 남겼다.

"사람들의 관심을 얻기 위해 노력하는 2년보다는 사람들에게 진정한 관심을 가지며 보내는 2개월 동안 더 많은 친구를 만들 수 있다."

계속 눈에 거슬리는 친구가 있는데
어떡하지?

고등학교 입학식 날. 시영이는 지금 낯선 공간에서 모르는 아이들과 서먹서먹한 채로 같이 앉아 있는 게 그저 끔찍할 따름이다. 초등학교 입학 때도, 중학교 입학 때도 분명 이런 비슷한 마음이었는데 이번은 그 정도가 심하다. 단짝이었던 친구들이 모두 다른 고등학교로 배정받아 이 학교로 온 것은 시영이 혼자다. 반 아이들 중 몇몇은 초등학교와 중학교 동창이라 낯이 익지만 별로 친하지 않았던 터라 어색한 웃음만 지어 보일 뿐이다. 그래두 아는 얼굴이 있는 게 어디야 싶은 마음에 아는 아이는 더 없는지 이리저리 둘러본다.

돌이켜 보면 나도 고등학교 입학식 날 너무나 막막하고 두려운 마음에 숨이 막히기까지 했다. 새로운 친구를 만드는 게 생각만큼 쉽지 않은 일임을 잘 알고 있었기 때문이다. 그러나 그런 걱정도 잠시 어느새 같이 매점에 가는 친구, 모르는 문제 물어보는 친구, 같이 도시락을 까먹는 친구, 독서실을 같이 다니는 친구 등등 내 주위에도 친구들이 생겨났다. 그리고 그중 몇몇은 나에게 없어서는 안 될 존재들이 되었다.

그처럼 같이 있기만 해도 좋은 친구들만 있으면 오죽 좋으련만 눈에 거슬리는 친구들도 꼭 있게 마련이다. 매사에 제멋대로만 하는 애, 잘못을 하고도 미안하다는 말을 할 줄 모르는 애, 못 봐 줄 정도로 잘난 척이 심한 애, 매번 뭔가 빌려 달라는 애, 낄 때 안 낄 때 구분 못하는 애, 남자 앞에서만 유독 약한 척하는 애, 같이 욕해 놓고 혼자 아닌 척하는 애 등등.

적어도 1년 동안은 어쩔 수 없이 같은 반에서 생활해야 하는데 눈에 거슬리는 아이가 생기면 마음이 불편할 수밖에 없다. 아예 눈에 띄지 않았다면 좋았을 텐데 일단 거슬리기 시작하면 계속 거슬리게 되기 때문이다. 다른 친구가 그런 내 마음을 이해하고 맞장구라도 쳐 주면 위로가 되지만 "그냥 그러려니 해"라는 식으로 나오면 내 속만 더 답답해질 뿐이다. 누가 모르나. "그냥 그러려니"가 안 되니까 그렇지.

그런데 눈에 거슬리는 친구 때문에 자꾸 신경이 쓰이고 화가 난다면 그건 내 문제일 수도 있다. 예를 들어 선생님한테 잘 보이려고 애쓰는 친구가 유난히 거슬린다고 하자. 그것은 어쩌면 나 또한 그 아이처럼 선생님께 잘 보이고 싶은 마음이 크기 때문인지도 모른다. 선생님께 잘 보이고 싶지만 다른 친구들이 안 좋게 볼까 봐 나는 애써 참고 있는데 거리낌 없이 칭찬받기 위해 애쓰는 아이, 그래서 선생님께 좋은 인상을 주고 칭찬받는 그 아이가 샘나는 것일 수도 있다는 말이다. 게다가 그 친구는 나처럼 다른 친구들이 "쟤는 선생님한테만 잘 보이려는 애"라고 비난하는 것을 걱정하지 않는 것처럼 보인다. 혹은 그런 생각이 조금 있더라도 별로 개의치 않을 수도 있다. 타인의 시선에 신경쓰지 않는 당당한 태도가 샘나기도 부럽기도 하다.

그런데 정말 다른 친구들은 선생님 앞에서 잘 보이려는 친구를 꼭 못마땅하게만 여길까? 이 부분은 개개인마다 다를 수 있다. 그런 모습을 꼴사납다고 보는 사람도 있겠지만, 선생님께 잘 보이고자 하는 마음을 당연하다고 생각하는 사람도 있다.

결국 나는 선생님께 잘 보이고 싶으면서도 친구들이 안 좋게 볼까 봐 두려워 참은 것인지도 모른다. 이것을 심리학 용어로는 '투사(projection)'라고 하는데, 내 마음속에 존재하지만 결코 받아들일 수 없는 욕구를 다른 사람의 것으로 돌려 책임을 전가시키는 것을 말한다. 즉 선생님께 칭찬받고 싶으면 그냥 자연스럽게 예쁜 행동을 하면 될 것을, 내 마음을 억누르고 괜히 아닌 척하면서 잘 보이려고 하는 친구를 탓하는 것이다.

물론 눈에 거슬리는 친구의 모습이 모두 나의 문제인 것은 아니다. 예컨대 욕하는 친구가 눈에 거슬린다고 해서, 내 안에

욕을 못해 안달 난 마음이 있다고 할 수는 없으니까 말이다. 하지만 다른 친구들에 비해 유난히 마음에 안 드는 친구가 있고 또 그 때문에 스트레스를 많이 받는다면 한번쯤 스스로를 돌아볼 필요가 있다. 만약 '내 안에 선생님께 잘 보이고 싶은 마음이 있어서 저 친구가 못마땅하게 보이는 거구나'라는 사실을 깨닫게 되면 그것만으로도 마음이 한결 편안해질 것이다. 그러고 나서 '나도 앞으로는 저 아이처럼 좀 솔직하게 표현해 보지 뭐'라든지 '선생님께 잘 보이고 싶긴 하지만 그래도 나는 저렇게 행동하고 싶지는 않아. 이게 내 선택이야'라는 식으로 생각해 볼 수도 있다. 그러면 비로소 눈에 거슬리는 친구가 있어도 그러려니 하는 마음이 생긴다.

이처럼 내 마음을 다스려야 하는 이유는 마음에 안 드는 친구의 행동을 바꿀 재주가 우리에게는 없기 때문이다. 내 성격을 내가 바꾸기도 어려운데 다른 사람의 성격을 무슨 수로 바꾸겠는가.

그리고 세상에 흠이 없는 사람은 없다는 사실을 기억해야 한다. 나도 완벽하지 않은데 다른 사람에게 완벽하기를 바라선 안 된다. 또한 아무리 눈에 거슬리는 사람이라도 내가 그에게 배워야 할 것은 있게 마련이다. 그러니까 생각나는 시가 하나 있다. 언젠가 나의 무릎을 치게 만들었던 시.

도둑에게서도 다음의 일곱 가지를 배울 수 있다.

그는 밤늦도록까지 일한다.

그는 자신이 목표한 일을 하룻밤에 끝내지 못하면

다음 날 밤에 또다시 도전한다.

그는 함께 일하는 동료의 모든 행동을

자기 자신의 일처럼 느낀다.

그는 적은 소득에도 목숨을 건다.

그는 아주 값진 물건도 집착하지 않고

몇 푼의 돈과 바꿀 줄 안다.

그는 시련과 위기를 견뎌 낸다. 그런 것은

그에게 아무것도 아니다.

그는 자신이 하는 일에 최선을 다하며

자기가 지금 무슨 일을 하고 있는가를 잘 안다.

-랍비 주시아, 〈도둑에게서 배울 점〉

　이 시를 읽고 처음에는 웃음이 났지만 생각해 보니 나쁜 것만 가지고 있을 법한 도둑에게도 배울 것이 있다는 생각이 들었다. 사실 내가 제대로 못하는 게 꽤 많지 않은가. 나 혼자 잘난 척하며 다른 사람들을 함부로 평가했던 것은 아닌지 반성도 하게 되었다.

　누구에게나 배울 점이 있다. 오죽하면 공자가 "세 사람이 길을 같이 걸어가면 반드시 내 스승이 있다(三人行必 有我師)"라고 했겠는가. 그러므로 눈에 거슬리는 친구가 있다면 먼저 나를 돌아볼 일이다. 왜 그 모습을 싫어하는지, 나에게도 그런 면은 없는지⋯⋯. 그런 뒤에 그를 싫어해도 늦지 않다. 또한 그렇게 노력하다 보면 어느 순간 느끼게 될 것이다. 내 마음의 키가 훌쩍 자라 있음을 말이다.

진정한 친구를 바라다면
먼저 버려야 할 것들

언젠가 버스를 타고 가는데 뒤에 앉은 아이들이 하는 말.

"야, 너는 나를 위해 죽어 줄 수 있어?"

"내가 왜 너 때문에 죽냐? 미쳤냐?"

"빈말로라도 그렇다고 해 주면 어디가 덧나냐?"

"어, 덧난다. 이제 됐냐?"

피식 웃음이 났다. 중·고등학교 시절 친구들과 그런 이야기를 했던 기억이 새록새록 떠올랐기 때문이나.

사랑하는 사람에게 "나 얼마나 사랑해?"라고 묻듯, 우리는 친구에게도 어느 만큼 가까운 사람인지 수시로 확인하고 싶어

심리학, 열일곱 살을 부탁해

한다. 나는 이만큼 친하게 생각하는데 저 친구도 그런지, 나는 저 친구에게 얼마나 가까운 사람인지 알고 싶기 때문이다. 그러나 사실 "나를 위해 죽을 수 있는 친구가 진짜 친구다"라는 말은 우정에 대한 지나친 이상이다. 또한 친한 친구라면 나의 모든 것을 이해해 주어야 한다는 생각도 과도한 기대다. 사실 가장 가까운 친구라도 나와 완벽하게 일치할 수는 없기 때문이다. 그러므로 지금이라도 우정에 대해 잘못 생각하고 있는 것들은 없는지 돌아볼 일이다. 지나친 기대로 소중한 친구를 잃어버리기 전에 말이다.

1. 친구와의 갈등을 피하지 마라

아이들과 만나 보면 '손절'이라는 단어를 자주 듣는다. 친구 사이에 은근한 기싸움이나 말다툼 등 갈등이 생겼을 때 이를 해결하지 않고 그대로 관계를 정리하는 것을 '손절한다'라고 표현한다고 한다. 열일곱 살 아이들의 특성상 여러 친구들과 무리를 지어 지내다 보면 그 안에서 더 친하고 덜 친한 친구가 생기게 되고, 미숙한 의사소통으로 인해 오해가 쌓이면서 다툼이 발생하곤 한다. 관계를 맺다 보면 순간순간 오해가 생길 수 있고 틀어지는 부분이 생길 수 있다. 그런 경우 관계를 회복하기 위해 노력하고 상대방을 이해해 보려는 시도가 필요하다.

그렇지만 아이들은 마음의 여유가 없다. 학교와 학원 사이에서 시간에 쫓기다 보니 친구와 보낼 수 있는 시간이라고 해 봐야 얼마 되지 않는다. 마음에 드는 친구와 보내기에도 시간이 부족하기에 나와 맞지 않거나 갈등이 생긴 친구와 오해를 풀고 관계를 회복하기 위해 노력할 시간도, 여유도 없다. 게다가 지금 친구와 평생 친구가 될 거란 보장도 없으니 그냥 안 보면 그만이라고 생각한다.

그러나 갈등은 우정을 만들어 가는 과정에서 피할 수 없는 일일뿐더러, 때론 꼭 필요한 일이기도 하다. 조금 맞지 않는다고, 불편해졌다고 해서 그대로 관계를 끊어 버리면 결국 내 곁에 남는 사람은 아무도 없게 된다. 사람과 사람이 만날 때 100퍼센트 완벽하게 맞는 편안한 관계는 없기 때문이다.

갈등이 생겼을 때 무조건 피하지 말고 내가 잘못한 것은 없는지, 상대방이 불편하게 느껴졌던 부분이 무엇인지, 그걸 내가 고칠 수 있는지 생각해 보고 손을 내밀어 보자. 그렇게 해서 오해가 풀리고 다시 관계가 이어진다면 전보다 더 단단한 관계를 얻을 수 있을 것이다.

2. 친구 숫자에 연연하지 마라

주변이 늘 사람들로 북적거리는 친구들을 보면 정말 부럽기 짝이 없다. 항상 어울리는 친구들이 있으니 외로울 틈도 없어 보인다. 나에게는 친한 친구라고 해 봐야 달랑 2명. 물론 적은 숫자이지만 다른 사람들한테는 결코 털어놓지 못하는 고민도 나눌 수 있고, 내 못난 모습을 보여도 괜찮기에 나에게는 소중한 친구들임에 틀림없다. 하지만 주위에 친구들이 많은 사람을 보면 왠지 초라해지는 게 사실이다.

일반적으로 친구 관계는 친밀감의 정도에 따라 일상적인 친구, 가까운 친구, 가장 친한 친구로 나눌 수 있는데, '가장 친한 친구'의 수는 청소년 초기에 5명으로 가장 많고 점차 감소하는 경향을 보인다. 어른의 경우는 평균적으로 1명의 '가장 친한 친구'와 소수의 '가까운 친구'가 있다고 한다. 사람들은 생각보다 적은 수의 친구를 가지고 있다.

그러므로 더 이상 친구 숫자에 연연하지 마라. "진정한 행복을 만드는 것은 수많은 친구가 아니며, 훌륭히 선택된 친구들이다"라는 시인 벤 존슨의 말처럼 중요한 것은 친구의 수가 아니다. 친구가 많지 않아도 그들이 나를 잘 알아주고 이해해 준다면 그것으로 충분하다.

3. 네가 먼저 진정한 친구가 돼라

"친구라면 이 정도는 해 줘야죠", "친구라면서 어떻게 그럴 수가 있어요?"라는 말을 자주 하는 아이들이 있다. 그 아이들을 가만 살펴보면 친구에 대한 불만은 가득한데 정작 자신의 잘못에 대해서는 관대하다. 자신한테는 낮은 기준을 제시하고, 친구에게만 높은 기준을 제시하는 것이다. 그러나 진정한 친구를 얻고 싶다면 내가 먼저 그런 친구가 되어야 한다. 로마의 웅변가이자 철학자인 키케로는 《우정에 관하여》라는 책에서 다음과 같이 말한다.

"대부분의 사람들은 부당하게도 자신들로서는 불가능한 그런 종류의 친구를 갖기를 원하며, 자신들이 해 줄 수 없는 것을 친구가 해 주기를 바란다네. 그러나 먼저 자신이 선한 사람이 되고, 그런 다음 자기와 같은 사람을 구하는 것이 이치에 맞네. 그런 친구들 사이에서만 내가 언급한 우정의 안정성이 확보될 수 있네."

친구에게 불만을 토로하기 전에 나는 과연 좋은 친구인지 묻는 게 먼저다. 설령 친구가 큰 잘못을 해도 실망하지 않을 자신이 있는지, 그 친구에게 웃어 줄 수 있는지 말이다.

심리학, 열일곱 살을 부탁해

미워해도 괜찮아

《해리 포터와 마법사의 돌》에서 도비는 해리 포터에 대해 이렇게 말한다.

"해리 포터는 겸손하고 신중해요. 해리는 이름을 말해서는 안 되는 그자를 물리치는 위대한 일을 했으면서도 그 업적을 떠들고 다니지 않아요. 해리는 용맹스럽고 훌륭해요! 그는 벌써 그렇게 많은 위험에 맞서 용감히 싸웠잖아요!"

도비의 말처럼 해리는 마법 학교에서 여러 번 죽을 고비를 넘기며 마법사 세계의 영웅으로 성장한다. 그러다 보니 마법 학교에서 해리를 모르는 사람이 없을 만큼 유명했고, 늘 화제의 중심에 서 있었다.

그런데 5학년이 된 어느 날 해리는 충격에 휩싸인다. 단짝 친구인 론이 반장이 되었기 때문이다. 친구가 반장이 되었으면 축하해 주는 게 마땅한데 해리는 론에 대한 걷잡을 수 없는 질투와 미움으로 자리를 피하고 만다. 해리는 론이 반장이 된 걸 이해할 수 없었다.

'난 분명히 더 많은 일을 했어. 론보다 더 많은 일을 했단 말이야!'

억울하고 분한 해리는 급기야 "정신이 똑바로 박힌 사람이라면 론을 반장으로 뽑지 않았을 거야"라고 내뱉기에 이른다. 하지만 곧이어 가장 친한 친구인 론에 대해 그렇게 말한 자신이 혐오스러워 홀로 괴로워한다.

나는 이 장면을 보면서 많이 안타까웠다. 해리가 가지는 감정은 누구나 당연히 가질 수 있는 것인데, 미워하는 마음이 들었다는 이유만으로 괴로워하며 자책했기 때문이다.

문득 예전에 상담했던 윤정이가 떠올랐다. 어두운 얼굴로 나를 찾아온 윤정이는 단짝 친구인 세희가 너무 미워서 견딜 수가 없다고 했다. 그러다 고개를 숙이며 말했다.

"선생님, 제가 나쁜 아이인가요?"

"왜 그렇게 생각해?"

세희는 예쁜 얼굴에 성격까지 좋아서 인기가 많은 친구였다. 중학교 때부터 알고 지냈는데 고등학생이 되어 같은 반이 되자 자연스레 단짝 친구가 되었다. 동네도 비슷하고 성적도 비슷하고 키도 비슷한 둘은 언제나 실과 바늘처럼 붙어 다녔다. 윤정이 옆에 세희가 없으면 친구들이 "세희는 어디 있어?"라고 물을 정도였다. 그중에는 세희를 좋아하지만 감히 다가갈 수 없어 윤정이에게 접근해 세희에 대한 정보를 캐내는 남자아이들도 있었다. 몇 용감한 남자아이들은 직접 세희에게 마음을 고백하기도 했다. 아직까지 그런 고백을 받아 본 적이 없는 윤정이는 그저 세희가 부러울 따름이었다.

그러던 어느 날 둘 다 새로 장만한 치마를 입고 갔는데, 친구들이 세희에게만 예쁘다는 칭찬을 늘어놓았다. 윤정이의 새 옷을 알아봐 주는 사람은 아무도 없었다. 윤정이는 자신에게 너무나 무심한 친구들도 미웠지만 이상하게 세희가 더 얄미웠다.

'너랑 나랑 별 차이도 없는 것 같은데, 왜 사람들은 다 너만 좋아하는 거니?'

하지만 겉으로는 그런 마음을 티 낼 수가 없었다. 친구들이 모두 세희를 좋게 생각하는데 단짝 친구라고 소문난 자신이 세희를 미워한다고 하면 분명 이상한 애 취급을 당할 게 뻔했기 때문이다. 그런데 한번 뒤틀린 마음은 바로잡히기는커녕 더욱 비뚤어져 갔다. 나중에는 세희의 행동 하나하나가 거슬리고 못마땅하게 느껴졌다. 괴로워하던 윤정이는 고민 끝에 엄마에게 세희에 대한 마음을 솔직하게 털어놓았다. 그런데 엄마는 오히려 윤정이를 나무랐다.

"좋다고 붙어 다닐 때는 언제고. 세희는 세희고 너는 너지, 왜 자꾸 비교를 하고 그러니? 속이 그렇게 좁아서야 쓰겠니?"

엄마의 한마디로 인해 윤정이는 졸지에 친한 친구한테 샘이 나 내는 속 좁은 아이가 되고 말았다. 그러나 나는 윤정이가 속 좁고 못된 아이라는 생각이 전혀 들지 않았다. 나라도 윤정이었다면 세희에게 그런 마음을 가졌을 테니까 말이다. 나도 친구들의 관심을 받고 싶은데 내 옆에 있는 친구만 관심을 독차지하고 내게 올 관심마저 그 애가 다 빼앗아 가는 것 같다면 시기하는 마음이 드는 게 당연하다. 그 마음이 부끄러워 어디 가서 털어놓지도 못하고 끙끙거리다 보면 어느새 시기심이 미움으로까지 발전하게 된다.

모든 인간관계가 그렇듯 우정도 모순되는 감정들도 이루어져 있다. 평상시에는 친구가 잘되기를 바라지만 그 친구가 밉고 싫을 때도 있다. 딱히 싫은 행동을 해서라기보다 가족을 사랑하면서도 서운한 마음이 들 때가 있는 것처럼 우정 또한 그러한 것이다. 그러니 친구를 미워하고 싫어하는 마음이 든다고 해서 내가 이 정도밖에 안 되는 인간인가 자책할 필요가 없다. 그저 누군가를 좋아하면서도 동시에 미워할 수도 있음을 받아들이면 된다.

그리고 또 한 가지, 나쁜 마음이 들었다고 해서 그것이 곧 내가 나쁜 사람이라는 증거는 아니다. 마음속으로 생각만 했지, 행동으로 표현한 것이 아니지 않은가. 내가 미워하는 사람에게 해를 입힌 게 아니지 않은가.

심리학, 열일곱 살을 부탁해

나쁜 마음이 들 때는 '나도 나쁜 마음이 생길 때가 있구나'라고 인정하고 그 감정이 나를 스쳐 지나가게 두면 된다. 그러면 그 감정이 점차 수그러들어 종국에는 없어지게 되어 있다. 오히려 문제는 나쁜 감정을 억압하는 데서 발생한다. 친구를 시기한다고 치자. 그러면 대부분의 사람은 시기심을 무조건 억압하려고 한다. 하지만 그럴수록 시기심은 마음속에서 곯고 곯아 나중에는 언제 터질지 모르는 시한폭탄의 상태가 되고 만다. 세희를 싫어하는 마음을 억지로 누르려다가 오히려 세희의 모든 것이 싫어진 윤정이처럼 말이다. 그래서 나는 잘못한 사람처럼 고개를 푹 숙인 윤정이에게 이렇게 말해 주었다. "미워해도 괜찮아. 나도 꼭 너만 할 때 친한 친구 샘내고 미워한 적 있거든. 그 친구는 모르지만 말이야. 그리고 부끄럽지만 지금도 솔직히 그런 마음이 들 때가 있어." 그러자 윤정이는 한결 편안해진 얼굴로 "정말요? 정신과 의사도 샘내요?"라고 물었다. 당연하지, 정신과 의사는 사람 아닌가.

세상에 완벽한 사람은 없다. 누구든 친구를 미워하는 마음이 생길 수 있다. 그리고 우정이란 그렇게 조금은 모자란 나와 네가 만들어 가는 소중한 관계다. 이 사실을 잊지 않는다면 친구를 향한 마음 때문에 괴로울 일은 없을 것이다.

따돌림 속에
숨겨진 진짜 마음

몇 년 전, '빵 셔틀'에 관한 기사를 보고 큰 충격을 받았다. 빵 셔틀이란 자신을 괴롭히는 아이들에게 대신 매점에서 빵을 사다 주거나 심부름을 하는 학생들을 말한다. 힘없는 친구를 왕따시키는 것도 모자라 마치 심부름꾼을 부리듯 친구를 부려 먹으며 괴롭힌다는 것이다.

이처럼 10대가 친구를 괴롭히는 이유는 다른 친구를 괴롭힘으로써 자신의 외로움을 감추고 자존심을 강화시키기 위한 것으로 해석된다. 따돌림은 다수가 한 명을 괴롭히는 양상으로 나타난다. 즉 여럿이 함께 한 명을 따돌리면서 자신들끼리의 관계가 더 강화되고 존중받을 수 있을 거라 생각하지만 실제로는 더 큰 외로움과 불안에 빠지게 된다. 왜냐하면 자신도 언제든 괴롭힘의 대상이 될 수 있다는 사실을 알고 있기 때문이다. 지금도 이렇게 외로운데 내가 왕따를 당하면 얼마나 더 외로울까? 생각만 해도 끔찍한 이이들은 "공격이 최선의 방어"라는 말을 실천에 옮긴다. 왕따를 당하지 않으려면 또 다른 희생양이 필요하다는 생각에 폭력을 휘두르며 따돌릴 대상을 찾아나선다.

따돌림으로 문제를 일으키는 아이들에게 기분이 어떠냐고 물어보면, 통쾌하고 기분이 으쓱해진다는 반응보다 후회스럽고 죄책감이 들며 뭔가 틀렸다는 느낌이 들었다는 경우가 의외로 더 많다. 그렇다면 친구를 따돌리는 아이들이야말로 사실은 불안하고 외로워하며, 누가 좀 말려 주기를, 이 상황을 제자리로 돌려놔 주기를, 상처받고 혼란스러운 마음을 달랠 수 있는 다른 방법을 가르쳐 주기를 바라고 있는지도 모른다.

따돌림은 어느 날 갑자기 나타난 현상이 아니다. 어느 시절에나 따돌림당하는 아이는 있었다. 대부분 지능이 떨어지거나, 사회성이 부족하거나, 집안 형편이 어렵다는 등의 눈에 띄는 취약점이 있다는 특징을 가지고 있었다.

하지만 지금은 따돌림에 이유가 없다. 심한 스트레스로 인해 공격성이 쌓여가면서 누군가를 괴롭히게 되는데, 누구나 이유 없이 따돌림의 대상이 될 수 있고 그 방식이 매우 은밀하다. 물리적으로 표현되면 제재를 당하게 되니 노골적으로 괴롭히지는 않는다. 여럿이 대화하는데 한 아이만 쳐다보지 않거나 한 명만 빼놓고 메신저 대화방 만들기, 자기들끼리 놀러 갔다 온 사진을 SNS에 올리는 식으로 따돌린다. 그래서 어른들이 알아차리기 어렵고, 그만큼 섬세한 접근이 필요하다.

사랑을 하기 전에
알아야 할 것들

영국의 작은 마을 하트퍼드셔의 베넷가에는 다섯 자매가 살고 있는데 그중 둘째 딸인 엘리자베스는 똑똑하고 지적이며 외향적인 성격을 가지고 있다. 그녀는 어느 날 무도회장에서 다아시라는 사람을 만나게 되는데 몇 마디를 나누고는 고집불통 오만한 남자라는 편견을 갖게 된다. 한편 다아시는 파티에 참석한 사람들이 모두 아름답지 않을 뿐더러 품위도 없다고 생각하지만 엘리자베스만큼은 자꾸만 눈길이 간다. 이런저런 일에 엮이며 서로를 알아가는 두 사람. 그러니 둘의 관계는 오만과 편견으로 자꾸만 삐거덕거린다. 심지어 다아시가 엘리자베스가 아프다는 소식을 듣고 찾아와 고백할 때도 마찬가지다.

심리학, 열일곱 살을 부탁해

"감정을 억누르려고 무진 애를 써 봤지만 전혀 뜻대로 되지 않았습니다. 내가 얼마나 당신을 사모하고 사랑하고 있는지 말씀드리지 않을 수 없습니다."

여기까지는 좋았는데 다아시는 엘리자베스의 신분이 낮아 결혼하면 자신의 지위가 떨어지게 되는데 그럼에도 어쩔 수 없이 사랑하게 되었다고 덧붙인다. 그의 말에 분노가 치민 엘리자베스는 "나는 당신의 그 거룩한 사랑이 고맙지도 않고 잘 보이고 싶은 생각도 없어요"라고 쏘아붙이며 청혼을 거절한다.

오만한 다아시와 다아시가 나쁜 사람이라는 편견을 가진 엘리자베스의 사랑을 다룬 제인 오스틴의 소설 《오만과 편견》. 나는 이 책을 읽으며 우리가 사랑을 한다는 게 얼마나 어려운 것인가를 다시 한 번 깨달았다. 사람에 대한 편견을 지워야 하는데, 마음속의 오만을 버려야 하는데 그게 어디 쉬운 일인가. 그럼에도 사랑을 시작한다면 그전에 꼭 알아 두어야 할 것들이 있다. 다가온 사랑을 놓치지 않고, 후회 없이 사랑하고 싶다면 말이다.

1. 그를 사랑하기 전에 나부터 사랑해야 한다

"그 애는 전형적인 나쁜 남자였어요. 다음에는 절대 그런 사람 안 만날 거예요."

나는 상담 중에 아이들이 위와 같은 말을 할 때 십중팔구 다음 사랑도 쉽지 않을 것임을 예감한다. 사람들은 보통 사랑을 대상의 문제로만 환원하는 경향이 있다. 사랑에 실패한 것은 대상을 잘못 골라서이니 다음엔 대상을 잘 고르면 된다는 식이다. 모든 문제는 잘못된 상대에게 있고 나에게는 아무런 문제가 없는 것일까? 그렇다면 문제가 있는 그가 다른 사람과 잘되는 것은 어떻게 설명할 수 있을까?

연애가 실패로 끝났으면 우선 나를 돌아봐야 한다. 내가 괜히 그를 믿지 못하고 의심한 것은 아닌지, 불안한 마음에 집착하거나 그가 나를 더 사랑하지 않는다고 짜증낸 것은 아닌지, 애써 덜 사랑하는 척한 것은 아닌지……. 그러고 나서 스스로에게 물어야 한다.

'나는 정말 나 자신을 사랑하는가.'

내가 나를 사랑하지 않는다면 그 누가 나를 사랑해 주겠는가. 나 자신을 사랑한다는 것은 나의 긍정적인 면뿐만 아니라 부정적인 면까지도 사랑할 줄 안다는 뜻이다. 나의 못나고 부족한 면들을 감추기에 급급하다면 타인의 부족하고 못난 모습도 용납하지 못할 테고, 그러면 그 사랑은 깨질 수밖에 없다. 그러므로 그를 사랑하기 전에 나를 사랑하는 법부터 배우는 게 순서다.

2. 상대방을 바꾸려 한다면 그것은 사랑이 아니다

"오빠가 처음에는 저 보고 헤어스타일을 바꾸라고 하더라고

심리학, 열일곱 살을 부탁해

요. 그다음에는 제가 입는 옷들이 마음에 안 든다며 하나하나 간섭하기 시작했어요. 그다음에는 목소리가 너무 크다며 좀 작게 말하라고 하더라고요. 다음에는 뭘 바꾸라고 할까요?"

그 말을 하는 정연이의 목소리는 풀이 죽어 있었다. 그리고 그 오빠가 자신을 정말 사랑하긴 하는 건지 의심스럽다고 했다. 나는 정연이에게 바꾸고 싶지 않은 것은 바꾸지 말라고 했다.

사랑해도 마음에 안 드는 게 분명 있을 수 있다. 그러나 "이게 다 널 사랑해서야"라고 말하며 억지로 바꾸기를 강요한다면 그건 사랑이 아니다. 그 사람이 나로 인해 바뀌어서 좋아진다면 괜찮은 거 아니냐고? 그렇다면 나는 이렇게 묻고 싶다. 왜 지금 모습을 있는 그대로 사랑하지 못 하느냐고…….

3. 고통스러운 것 또한 사랑이 아니다

사랑은 아무도 다치게 하지 않는다. 그러므로 누군가가 나를 함부로 대하고, 나를 비참하고 고통스럽게 만든다면 그것은 사랑이 아니다. 그러니 사랑을 하게 되면 내 마음을 잘 들여다볼 필요가 있다. 상대방과 사랑을 하는 가운데 내가 성장하고 있는지, 아니면 고통받고 있는지 말이다. 성장하고 있다고 느낀다면 잘되어 가고 있는 것이다. 하지만 고통받고 있다고 느낀다면 뭔가 잘못되어 가고 있는 것이니 끝내는 것이 맞다. 아픈 만큼 성숙한다고 하지만 고통과 성장은 엄연히 다르다는 걸 명심하자.

벌써부터 사랑을 두려워하는 아이들이 있다. 그 아이들은 자신을 누군가에게 완전히 주는 걸 두려워하며, 자신이 상대방을 더 사랑하는 일이 없기를 기도한다. 만약에라도 사랑이 끝났을 때 입게 될 상처가 두렵기 때문이다. 하지만 누군가를 사랑하기 시작했다면 사랑에 더 열중하고 그 결말에 대해선 덜 걱정하는 게 옳다. 그리고 설령 그것이 실패로 끝난다 해도 더 좋은 어떤 것이 기다리고 있음을 믿어야 한다.

고백했다가 거절당하면
어떡하지?

　프랑스의 작가 기욤 뮈소가 쓴 《구해줘》의 주인공 샘. 의사인 그는 아내 페데리카가 자살한 뒤 깊은 절망에 빠진다. 그 어떤 감정도 느낄 수 없고, 더 이상 아무것도 희망하지 않게 되어 병원 일에만 전념한다. 일에 파묻혀 있다 보면 잠시나마 고통을 잊을 수 있기 때문이다. 하지만 로봇처럼 사는 그에게도 다시 사랑이 찾아온다. 그리고 그 주인공인 줄리에트에게 이렇게 사랑을 고백한다.

　"우리가 만나지 못하고 스쳐 지나가기 위해서는 얼마만큼의 시간이 필요했을까요? 0.5초? 기껏해야 1초? 만일 당신이 1초만 더 빨리 그 길을 건너갔어도 우린 만나지 못했겠죠. 만약 내가 1초만 더 늦게 차선을 바꾸었더라도 우린 만나지 못했을 거예요. 우리의 역사는 바로 그 1초에서 비롯되었죠. 단지 그 1초가 아니었더라면 나는 당신 얼굴을 영원히 보지 못했을 거예요. (중략) 지금 내가 가진 건 한 가지밖에 없어요. 당신에 대한 사랑 그리고 당신이 내 마음을 있는 그대로 받아들여 주었으면 하는 마음……."

우리는 누구나 사랑을 고백하는 순간을 맞이한다. 연애를 시작하는 데 있어 사랑을 고백하고 그것을 받아들이는 것은 필수 과정이기 때문이다. 고백 없이 시작된 사랑이라 할지라도 어느 순간 관계가 진전되려면 고백의 문턱을 넘어야만 한다. 사랑을 고백하는 순간보다 더 가슴 떨리고 행복한 순간이 과연 있을까. 그러나 그 순간만큼 긴장되고 조마조마한 때도 없는 게 사실이다. 어렵게 고백했는데 만약 거절당하면 어떻게 하지? 그 사실을 다른 사람들이 알게 된다면 창피해서 어떡하나? 혹시나 지금의 관계마저 깨져 버리면? 거절에 대한 공포는 고백할 말을 준비하고, 고백할 장소를 고르고, 고백할 타이밍을 준비하는 내내 우리를 괴롭힌다.

그래서일까. 사랑 고백이 받아들여졌을 때 그 기쁨은 하늘을 찌른다. 반면 거절당하는 사람은 큰 상처를 입는다. 게다가 주위 사람들까지 거절당한 사실을 알게 되는 날엔 부끄러워 견딜 수가 없게 된다. 한술 더 떠서 나를 거절한 상대방이 다른 사람과 커플이 될 때의 충격이란 전쟁이나 천재지변 같은 심각한 사건을 경험한 사람들에게 생긴다는 'PTSD(Post Traumatic Stress Disorder, 외상성 스트레스 장애)'와 맞먹는다.

그러다 보니 거절이 두려운 열일곱 살은 애써 가볍게 "나랑 사귈래? 아님 말고"라고 고백한다. 만약 거절당해도 그냥 꺼내 본 말이라고 둘러대면 그만이니까. 실제로 가벼운 마음으로 고백했기에 거절을 당했어도 별 타격이 없다고 말하는 친구들도 있지만, 사실 거절에 대한 공포는 인간이 가진 본연의 공포심 중 하나다. 나 자신이 있는 그대로 상대방에게 받아들여지지 않는다는 사실은 그야말로 두렵고 절망적이기 때문이다. 청소년들이 무리 지어 놀고, 그들만의 문화를 갖는 것도 따지고 보면 '거절에 대한 공포'에서 벗어나기 위한 노력의 일환이라고 볼 수 있다.

그런데 거절에 대한 공포가 유독 심한 사람들이 있다. 그들은 자신이 상대방에게 사랑받을 만한 가치가 없다고 생각한다. 그래서 그들은 짝사랑에만 머무르거나 아니면 끊임없이 상대를 의심하고 테스트한다. "이래도 날 좋아할래?"라고 상대방을 고문하다가 드디어 상대방이 지치면 "거 봐, 이럴 줄 알았다니까"라고 확신하는 것이다. 이처럼 거절에 대한 공포가 과도해지면 실제로 가장 피하고 싶었던 결과, 즉 거절을 초래한다. 거절당할까 봐 두려워서 한 행동들이 상대방으로 하여금 나를 거절할 수밖에 없도록 만든다.

하지만 가만히 생각해 보자. 집이 부자이고 잘생긴 남자라고 해서, 예쁜 여자라고 해서 거절을 당하지 않는 것은 아니다. 그들도 때로 거절당한다. 반대로 나라고 해서 반드시 거절당할 이유는 없다. 만약 거절당했다면, 인연이 아니거나 타이밍이 맞지 않았기 때문일 수도 있다. 그리고 사랑은 오지 말라고 해도 기어이 내 앞에 또 온다. 그러니 움츠러들 필요가 없다. 사랑 고백에 대해 내 친구가 했던, 고개가 끄덕여지는 말.

"사람들을 봐, 고백했다 거절당한 사람은 후회가 없어. 최선을 다한 거니까. 하지만 고백하지 못한 사람은 평생 후회해."

거절에 대한 공포로 짝사랑만 줄곧 하고 있다면, 상대방을 끊임없이 테스트하다 결국 떠나보내고 있다면, 그저 가볍고 피상적인 관계만 맺는다면 그것이야말로 나중에 후회로 남을 것이다. 두려워하지 마라. 두려워해야 할 것이 있다면 그것은 거절이 아니라 기껏 찾아온 사랑을 놓치고 마는 것이다.

심리학, 열일곱 살을 부탁해

이상형 속에 숨어 있는
나의 심리

뉴욕타임스 베스트셀러에 130주나 오르며 화제를 불러일으킨 스테파니 메이어의 소설 《트와일라잇》. 이 시리즈 중 2편에 해당하는 《뉴문》에는 여주인공인 벨라를 사랑하는 에드워드와 제이콥이 등장한다. 창백하리만치 하얀 피부와 조각 같은 외모로 섹시하면서도 보호 본능을 일으키는 꽃미남 뱀파이어 에드워드, 이웃집 친구로만 여겼는데 이별로 힘들어하는 벨라를 다독이며 든든한 버팀목이 되어 주는 늑대 인간 제이콥. 전 세계 팬들은 에드워드파와 제이콥파로 나뉘어 누가 더 괜찮은지, 누가 벨라와 이어져야 하는지 입씨름을 벌이곤 했다.

나도 영화를 보고 나오면서 친구와 누가 더 괜찮은지 이야기를 나눴던 기억이 난다. 내 친구는 당연히 에드워드란다. 그 이유를 물으니 에드워드 가족은 좋은 차를 타고 다닌다나. 예상치 못한 이유였지만 역시 경제력을 중요시하는 친구의 성향이 반영된 선택이었다. 나는 사실 제이콥이 더 끌렸다. 그때 벌여 놓은 일이 많아서 벨라를 위한다며 떠나 버린 에드워드보다 시련에 빠진 벨라를 위로해 주고 오토바이도 뚝딱 고쳐 주는 제이콥이 더 멋져 보였기 때문이었다.

우리는 누구나 마음속에 이상형을 가지고 있다. 그러나 각자 이상형이 다 다르다. 왜냐하면 이상형이란 내 마음속의 어떤 면을 투사한 존재일 가능성이 높기 때문이다.

영훈이는 어릴 적 회사 일 때문에 너무 바빠 자신에게는 무관심한 엄마가 싫었다. 그래서 관심을 끌기 위해 반항도 해 보았지만 엄마는 눈길 한번 제대로 주는 법이 없었다. 한번은 일부러 밤 12시가 넘도록 집에 안 들어가고 집 앞에서 서성거렸다. 엄마가 전화를 걸어 지금까지 안 들어오고 어디서 뭐 하는 거냐며 걱정해 주기를 바랐던 것이다. 그러나 아무리 기다려도 휴대전화는 울리지 않았다. 추위에 떨다 못해 집에 들어가 보니 엄마는 벌써 자고 있었다. 그런 영훈이의 이상형은 '보호해 주고 싶은 여자'다. 자신이 돌봄과 보호를 받고 싶은 마음을 그렇게 투사하고 있는 것이다.

대학교 3학년인 명선이의 이상형은 다정다감한 남자다. 엄

심리학, 열일곱 살을 부탁해

격한 집안에 장녀로 태어난 명선이는 몸이 약해 잔병치레가 잦았다. 하지만 무서운 아버지는 늘 약해 빠졌다며 명선이를 못마땅해했고, 성적이라도 떨어지는 날에는 불호령이 떨어졌다. 잘했다는 칭찬은커녕 따뜻한 위로의 말 한마디 제대로 들어 본 적 없는 명선이는 아버지를 싫어하게 되었다. 가만히 있어도 먼저 다가와 다정다감한 말을 해 주는 남자를 이상형으로 꼽게 된 것도 따지고 보면 아버지에 대한 반감 때문이었다.

그밖에 집안일보다는 외부 활동이 많았던 어머니 때문에 적극적인 성향의 여자를 싫어하는 남자도 있다. 한편 아버지의 사랑이 늘 그리웠던 여자는 나이 많은 남자와 사랑에 빠지기도 하고, 아버지의 폭력성에 익숙해진 여자는 상대에게 무시당하는 것을 아무렇지 않게 생각하며 오히려 그것을 사랑으로 착각하기도 한다. 이처럼 어떤 사람을 이상형으로 생각하느냐는 이제껏 내가 어떻게 살아왔는지, 그리고 지금 나의 심리는 어떠한지를 파악해 볼 수 있는 나침반과도 같다.

그러나 이상형은 그저 이상형일 뿐이다. 나와 꼭 맞는 누군가가 있고, 그를 만나기만 하면 내가 바라는 사랑이 단박에 이루어질 것이라고 생각한다면 그건 오산이다.

사교적이지만 덜렁대는 여자가 꼼꼼한 남자를 만났다고 치자. 얼른 보면 서로 부족한 부분을 상대가 보완해 줄 수 있으므로 나쁠 이유가 전혀 없다. 하지만 시간이 흐르면 처음에는 멋져 보였던 그 이유 때문에 상대가 싫어질 수도 있다. 실제로 덜

렁대는 여자는 꼼꼼한 남자가 자꾸만 자신을 간섭하는 것 같아서 불만을 느끼게 되고, 남자는 아무리 지적을 해도 계속 덜렁대는 여자에게 화는 내는 경우가 많다.

비슷한 사람을 만나도 마찬가지다. 처음에 서로 만나서 공통점을 발견하게 되면 경이로움을 느끼는 동시에 이것은 운명일지도 모른다는 생각을 하게 된다. 닮은 점이 많이 발견되면 될수록 완벽한 합일처럼 느껴지는 순간을 경험할 수도 있다. 그러나 세상에 나와 똑같은 사람은 그 어디에도 없다. 설령 그런 사람을 만났다 하더라도 나중에는 서로 다르고 맞지 않는 부분을 발견하고는 실망한다.

첫사랑이 이루어지기 힘든 이유도 이와 비슷하다. 보통 10대때 첫사랑을 경험하게 되는데 상대방을 있는 그대로 보는 것이 아니라 내가 좋아하는 모습들을 그가 가지고 있을 거라고 믿고서 사랑에 빠지는 경우가 많기 때문이다. 하지만 막상 만나 보면 상대는 내가 바라는 것처럼 완벽하지 않으며, 내가 생각하는 그 모습이 아니다. 완벽한 사랑을 꿈꾸었는데 기대에 너무나 어긋나는 상대방의 모습을 보면 실망과 분노를 하게 된다.

또한 사랑에서 비롯된 여러 가지 감정과 성적인 욕망을 처리하기에 10대는 경험과 능력이 부족한 상태다. 사랑은 상대방을 원하고, 하나가 되고 싶어 하는 매우 단순한 감정이지만 그것은 상황과 상대에 따라 매우 복잡하게 움직인다. 이 복잡함 속에 숨겨진 자신의 감정이 무엇인지를 정확하고 솔직하게 봐야 건강하게 오래 사랑할 수 있다. 그러나 이런 사랑을 하기엔 아직 자기 자신에 대해서도 잘 모르고, 경험도 부족하기에 열일곱 살 연인들은 이별에 이르기 쉽다.

그러나 실망할 필요도, 체념할 필요도 없다. 사랑은 나와 꼭 맞는 누군가와 하는 것이 아니라 서로 맞추어 가는 과정이다. 서로의 부족하고 못난 면까지도 그대로 인정하고, 그럼에도 내 곁에 있어 주는 그에게 감사함을 배우며 싹트는 게 바로 진정한 사랑이다.

지금 혹시 이상형 또는 내 연인이 이러저러하게 해 주었으면 좋겠다 싶은 게 있는가. 그 방식 그대로 나에게 해 줄 수 있는 사람은 오직 나뿐이다. 그 사실을 마음에 품고 상대를 대한다면 사소한 일로 다투거나 헤어지는 일은 훨씬 줄어들 것이다.

나는 왜 사랑에 쉽게 빠지고,
쉽게 싫증이 나는 걸까?

저 사람은 거짓말을 너무 좋아해.
저 사람과는 결별해야겠어,
하고 결심했을 때
그때 왜,
나의 수많은 거짓말했던 모습들이
떠오르지 않았지?

저 사람은 남을 너무 미워해,
저 사람과는 헤어져야겠어,
하고 결심했을 때

심리학, 열일곱 살을 부탁해

그때 왜,

내가 수많은 사람을 미워했던 모습들이

떠오르지 않았지?

(중략)

이 사람은 이래서,

저 사람은 저래서 하며

모두 내 마음에서 떠나보냈는데

이젠 이곳에 나 홀로 남았네.

김남기 씨가 쓴 〈그때 왜〉라는 제목의 시다. 이 시를 읽는데 문득 7개월째 상담 중에 있는 성은이가 떠올랐다. 성은이는 학년 초에 같은 반의 철민이와 사귀게 되었는데 얼마 안 가 헤어졌다고 했다.

"그냥 갑자기 싫어지더라고요."

당시 성은이는 부모님과 마찰이 심했던 터라 그 때문일지도 모른다고 생각하며 나는 대수롭지 않게 들었다. 그 뒤 다행히 부모님의 적극적인 관심과 협조로 성은이의 상담 치료는 빠른 진전을 보였다. 그즈음이었다. 성은이가 이번엔 자기 짝꿍과 사귀기로 했다며 환한 미소를 지었다. 부모님과 사이가 좋아지고 나니 이성 교제를 할 마음의 여유가 생긴 건가 싶어 진심으로 축하해 주었다. 그런데 짝꿍과 사귀기 시작한 지 3주쯤 지났을까. 성은이가 문자를 보여 주며 옛날 남자 친구가 스토커처럼 굴어서 짜증이 난다고 했다. 스토커까지는 아니더라도 성은이 입장에서는 충분히 부담스러울 만한 내용이었다. 그래서 "네가 짝꿍이랑 사귀는 걸 철민이가 알고서 이러나 보다"라고 했더니 이게 웬일인가. 철민이가 아니라 짝이 보낸 문자란다. 어느새 짝 또한 헤어져서 옛날 남자 친구가 된 것이다.

자세히 얘기를 듣고 보니 사실 성은이는 짝에게 별 관심이 없었다. 그렇지만 고백까지 들은 마당에 안 사귀면 관계가 껄끄러워질 것 같고, 친한 친구가 사귀어 보라고 권유도 해서 사귀게 되었다는 것이다. 하지만 어느 날엔가 수업 시간에 자꾸 자신을 쳐다보는데, 짜증이 '확' 나더란다. 그래서 헤어지자고 했고 매달리는 모습에 더 짜증이 나서 쌀쌀맞게 굴었더니 급기야 그런 문자를 보내왔다는 것이다.

성은이는 가볍게 시작했는데 부담스러워지니까 관계를 정리하고 싶었다. 그리고 정말 정리하고 싶었기 때문에 바로 이별 통보를 하고 쌀쌀맞게 굴었을 터였다. 그러나 짝꿍 입장에서 보면 날벼락이었을 것이다. 갑자기 왜 그러는지 물어봐도 별 신통치 않은 답변만 들었을 게 분명하다. 엄청난 이유는 없었을 테니까 말이다.

상담 시간 내내 흥분을 가라앉히지 못하던 성은이는 상담실 문을 열고 나가다 내게 물었다.

심리학, 열일곱 살을 부탁해

"제가 너무 변덕스러운가요?"

대부분의 열일곱 살은 사랑에 쉽게 빠지고 싫증도 잘 낸다. 상대가 갑자기 좋아졌다가 어느 날 상대의 단점이 보이면 갑자기 상대의 모든 것이 싫어진다고 한다. 왜 그럴까? 그 해답의 실마리는 '자아 정체성'에서 찾을 수 있다.

이들은 아직 자아 정체성이 확립되지 않은 상태다. 다른 사람들이 자신을 어떻게 쳐다보든 흔들리지 않는 중심이 있어야 하는데, 그것이 없다. 자기 확신이 없다 보니 남들의 눈에 자신이 어떻게 보이는지가 최대의 관심사가 된다. 상대가 무엇에 관심을 가지고 있으며 어떤 감정을 가지고 있는지는 별로 관심이 없다. 이들에게 상대방이란 그저 나를 좋게 평가하고, 더 나아가 나를 끊임없이 칭찬해 주어야 하는 사람일 뿐이다. 그것은 상대를 온전히 사랑하는 게 아니라 상대 속에 투사된 자기의 이상을 사랑하는 것이나 다름없다. 그리스 신화에서 샘물에 비친 자신의 모습과 사랑에 빠진 나르키소스처럼 말이다. 자기의 이상을 사랑하는 그들은 상대방에게서 실망스러운 점이 발견되면 곧 상대를 평가절하해 버린다. 그러고는 자신이 원하는 이상적인 관계가 깨졌다고 생각해 상대방을 떠난다.

이처럼 자아 정체성이 확립되지 않은 열일곱 살의 사랑은 변덕스러울 수밖에 없다. 자신을 빛나게 해 줄 수 있는 사람을 보면 금방 사랑에 빠지고, 그가 조금의 실수나 잘못만 해도 그것을 견디지 못해 이별을 통보한 뒤 아무 일도 없다는 듯이 쉽게 돌아서서는 곧바로 다른 대상을 찾아 나선다.

그렇다고 벌써부터 '나에게 문제가 있는 걸까?' 의심하면서 낙담할 필요는 없다. 다만 스무 살이 넘도록 사랑에 변덕스러우면 안 된다. 한두 번쯤 사랑에 쉽게 빠지고 쉽게 싫증을 낼 순 있어도 그런 일이 계속된다면 나에게 분명 문제가 있는 것이다.

처음부터 사랑을 잘하는 사람은 없다. 나에게 맞는 옷을 고르는 데도 수많은 시행착오가 필요하다. 처음에 옷을 살 때는 참 잘 샀다 싶은데 막상 집에 와서 입어 보면 내가 왜 이걸 샀을까 후회하는 경우가 부지기수다. 그러나 계속해서 쇼핑을 하다 보면 점점 노하우가 쌓이면서 실패 확률이 줄어든다. 하물며 사랑을 할 때는 오죽할까. 수많은 사람들 중 사랑할 사람을 고르는 일은 결코 쉽지 않다. 아무리 친해도 사랑하는 마음이 안 생기기도 하고, 나는 사랑에 빠질 준비가 되어 있는데 정작 그쪽은 나에게 관심이 없는 경우도 많다. 설령 서로의 타이밍이 맞아 연인이 되었더라도 그 사랑을 이어 가려면 넘어야 할 산이 무수히 많다.

그래서 릴케는 《젊은 시인에게 보내는 편지》에서 이렇게 말했다.

"사람과 사람이 서로 사랑한다는 것, 그것은 우리들에게 부과

된 가장 어려운 일일지 모릅니다. 그것은 궁극적인 마지막 시련이고 시험이며 과제입니다. 그런 점에서 젊은 사람들은 아직 사랑할 능력이 없습니다. 사랑도 배워야 하니까요. 모든 노력을 기울여 고독하고 긴장하며 하늘을 향한 마음으로 사랑하는 법을 배워야 합니다."

정말이다. 운명처럼 천생연분을 만나서, 영화처럼 사랑하고, 동화 속 왕자와 공주처럼 결혼해서 행복하게 오래오래 살 수 있을 것 같지만 그것은 꿈일 뿐이다. 현실에서 사랑을 잘하기 위해서는 부지런히 배우고 익히는 수밖에 없다. 나에게 맞는 이성을 선택하는 일, 서로의 맞지 않는 부분을 받아들이고 조율하는 일, 관계를 유지해야 할지 정리해야 할지 판단하는 일, 그리고 성숙하게 헤어지는 일 등등 이 모든 과정을 치열하게 배우고 익혀야 하는 것이다. 그러기 위해서는 고등학교 때 동성 친구들과 잘 어울리는 것도 매우 중요하다. 이성 관계도 결국 인간관계이므로 기본적으로 인간관계를 잘 맺을 줄 알아야 하기 때문이다.

그럼에도 자신이 너무 변덕스러운 게 아닌가 고민하는 친구가 있다면 '나는 얼마나 자신 있게 살고 있는가' 하고 스스로에게 물어봤으면 좋겠다. 왜냐하면 자신 있게 살아야만 사랑도 잘할 수 있고, 첫 번째 사랑보다는 두 번째 사랑이, 두 번째 사랑보다는 세 번째 사랑이 더 성숙한 사랑이 되도록 만들 수 있기 때문이다. 그래야만 모든 이를 떠나보내고 "이젠 이곳에 나 홀로 남았네"라는 말을 읊조리는 쓸쓸하고 비극적인 인생을 막을 수 있기 때문이다.

연애하는 열일곱 살이
부모에게 바라는 것

미국의 통계자료이긴 하지만 80퍼센트의 사람들이 열여덟 살 이전에 '자신의 인생에서 매우 의미 있는 이성'을 만난다고 한다. 가슴 아픈 첫사랑이든, 풋풋한 짝사랑이든 인생에서 결코 잊을 수 없는 사람을 고등학교를 졸업하기 전에 만난다는 말이다. 그런데도 부모들은 청소년의 60퍼센트가 이성 교제 경험이 있다는 통계자료를 보면 깜짝 놀란다. '이 중요한 시기에 연애를 하면 성적이 떨어질 텐데'라는 생각을 은연중에 하고 있기 때문이다. 부모들은 자신 또한 학창 시절에 서툴렀기에 오히려 더 애틋했던 사랑을 했음에도 불구하고 자기 아이는 이성 친구가 없기를 바란다. 그리고 이성 친구가 있다 하더라도 그 사랑이 아주 가볍기를 바란다. 대놓고 "절대 안 된다"라고 혼을 냈다가는 아이가 삐뚤어질 테니 이러지도 저러지도 못한 채 속만 타들어 가는 게 부모 마음이다. 하지만 그보다 더 서운한 건 아이가 교제 사실을 감추는 것이다. 어쨌든 자녀의 일이니 당연히 부모가 알아야 한다고 믿기 때문이다.

성적이 떨어지더라도 헤어지고 싶지 않은 누군가를 만나 사랑의 열병을 앓는 일. 아이에게도 그것이 마냥 좋은 일일 수만은 없다. 고등학생이 연애를 하기엔 사회적으로 시간과 장소의 제약이 심할 뿐더러 만남을 잘 이어 갈 수 있을까 하는 부담감, 성적에 대한 걱정, 자칫 잘못 소문나면 안 좋은 시선부터 보내는 학교와 주변 어른들의 반응 등 그 어느 것 하나 두렵지 않은 게 없다. 하지만 그럼에도 공부와 이성 교제를 양립할 수 있다고 스스로 합리화할 만큼 사랑을 하는 지금 이 순간이 너무 좋은 것이다.

그러나 부모님은 어떻게든 잔소리를 늘어놓을 게 뻔하다. 그나마 "대학 가서 사귀어도 늦지 않아", "너 그러다 성적 떨어지면 어떡할래?"라고 말하는 것은 좀 나은 편이다. 사귀는 사람에 대해 아는 것도 없으면서 그를 폄하하거나, 난데없이 남자 친구 잘못 사귀어서 마음고생한 사촌 언니 얘기를 꺼낸다거나, 열 걸음쯤 앞서 나가 말도 안 되는 걱정을 늘어놓으면 괜히 말했다는 생각이 들 수밖에 없다.

사실 열일곱 살이 연애 중이라는 사실을 부모에게 꼭 알려야 할 필요도 의무도 없다. 그럼에도 부모에게 누군가와 사귀고 있다고 털어놓았다면 그것은 참으로 고마워해야 할 일이다. 아이가 그만큼 부모를 믿고 있다는 뜻이니 말이다. 그리고 생각보다 아이들이 부모에게 바라는 것은 참으로 소박하다.

"그냥 지켜봐 주었으면 좋겠어요."

조금 더 바란다면 자신이 연애할 만큼 컸다는 사실을 신통하게 봐 달라는 것, 자신이 선택한 사람을 존중해 달라는 것, 이성 친구에 대해 아는 것도 없으면서 함부로 말하지 말아 달라는 것 정도다.

언젠가 상담 중에 고3인 순미가 농담으로 한 말.

"우리 엄마는 그 어떤 사람을 데려와도 마음에 안 든다고 하실걸요?"

하긴 부모에게 아이의 이성 친구는 기본적으로 '세상에서 제일 잘난 내 자식의 마음을 가져간 도둑놈'일 수밖에 없다. 아이의 남자 친구, 여자 친구가 곱게 보일 리 만무하다. 그래도 만약 아이가 조심스럽게 다가와 누군가를 만나고 있다고 말하면 다음의 세 가지는 제발 지켜 주었으면 한다.

첫째, 당장 결혼하겠다는 게 아니니 너무 앞서 가지 말고 흥분을 가라앉히자.

둘째, 일단 좀 들어 보자. "걔네 아버지 뭐 하시니?", "공부는 잘하니?" 등등 설불리 조건을 따지는 질문은 삼가라. 대신 "성격이 어때?". "너한테 잘해 주니?", "어떤 점이 잘 통해?" 등등 인간적인 관심을 보여라. 그렇게 해야만 사귀는 아이가 과연 어떤 아이인지 알 수 있고, 그걸 파악해야 지켜보든, 걱정을 하든 할 게 아니겠는가.

셋째, 아이가 그 친구의 어떤 점에 끌렸는지 파악해 보자. 이성 친구에게 끌린 그 부분이 부모에게 바라는 것일 수도 있다.

정신과 의사로서 부모들에게 덧붙이고 싶은 말이 하나 있다. 아이가 설령 임신이라는 극단적인 사고를 치더라도 아이의 편이 되어 줄 유일한 사람이 바로 부모임을 잊지 말아 달라는 것이다. 아이에게 "그런 일이 없어야 하겠지만 혹시라도 그런 일이 생기면 언제든 우리에게 도움을 청하렴. 끝까지 널 믿고 도울게"라고 말해 주자. 이십여 년 상담을 하면서 느낀 것이지만, 그런 믿음의 말을 들으며 자란 아이는 스스로를 아끼고 사랑하기 때문에 위험한 상황에 자신을 내버려 두지 않는다.

그리고 처음부터 부모가 반대하는 이성 교제를 하기로 작정하는 아이는 없다. 아이들은 기왕이면 걱정 안 끼치는 연애를 하고 싶어 한다. 만약 아이가 이성 교제를 하면서 삐뚤어진다면 이유는 다른 데 있을 확률이 높다. 어쩌면 집이나 학교 어딘가에서 혼자 끙끙 앓고 있었던 문제가 연애로 인해 밖으로 드러난 것일 수도 있다는 말이다.

부모 입장에서야 어리게만 봤던 딸과 아들이 갑자기 연애를 한다고 하면 놀라는 게 인지상정이다. 하지만 아이는 이미 연애를 해도 될 만큼 충분히 컸다. 아이의 의견을 더욱더 존중할 필요가 있다.

MBTI의 유행이
말해 주는 것

최근 들어 아이들은 처음 만났을 때 MBTI를 묻는다고 한다. 예전에 ABO 혈액형이나 별자리 등으로 성격을 파악하려 했던 것처럼 MBTI로 간단하게 자신의 성향과 취향을 소개한다는 것이다. 혈액형이 사람의 성격을 4개로만 나누는 것에 반해 MBTI는 16개로 나뉘고, 비교적 구체적인 질문을 통해 결과가 나오니 공감대도 높고, 흥미롭게 느껴지는 것이 당연하다.

MBTI는 심리학자 융의 심리유형론을 근거로 일상생활에 보다 유용하게 활용할 수 있도록 고안된 자기 보고식 성격 유형 지표다. 그렇지만 정신의학이나 심리학계에서 인정할 만한 전문성이나 객관성을 가지고 있다고 보기에는 어렵다. 너무 맹신해서 이것으로 모든 것을 설명하려고 하면 위험하고, 어디까지나 참고하는 수준으로 이해해야 한다.

그럼에도 '내가 맞고 너는 틀리다'가 아니라 '너랑 나는 이렇게 다르구나'라고 받아들일 수 있다는 점에서는 긍정적이라고 본다. 사실 인간관계에서 상대방의 도저히 이해할 수 없는 부분이 있기 마련인데, 그것을 인정하고 받아들이기란 쉽지 않은 일이기 때문이다. 나와 잘 맞는 유형의 사람이 있듯, 잘 맞지 않는 유형의 사람도 있을 수 있고 갈등 상황을 풀어가는 방식 또한 다를 수도 있다는 사실을 감안한다면 문제를 해결하는 방법을 쉽게 찾을 수 있을 것이다.

5장

심리학이
열일곱 살에게
말하다

부모 탓할 시간도
얼마 남지 않았다

요즘 어린아이들은 자신이 진짜 왕자고, 공주인 줄 안다. 자신이 세상의 중심이고, 자신이 원하면 그 모든 것이 이루어질 수 있다고 생각한다. 그도 그럴 것이 한 가정에 아이가 많아 봐야 두 명밖에 안 되다 보니 부모는 말할 것도 없고 할아버지 할머니를 비롯해 삼촌과 이모의 사랑을 듬뿍 받는다. 뭘 하든 "잘한다, 예쁘다, 멋있다"라는 말을 들으며, 대놓고 "우리 공주님", "우리 왕자님"이라는 소리를 듣기도 한다.

그런데 왕자와 공주가 학교에 들어가면 현실에 눈을 뜬다. 재미없는 과목도 공부해야 하고, 하기 싫은 일도 해야 하는 것은 그렇다 치자. 내가 세상에서 가장 잘났다고 생각했는데, 더 잘난 애들이 너무나 많다. 왕자와 공주라 할지라도 공부를 하지 않고 노력하지 않으면 원하는 걸 가질 수 없다는 뼈아픈 현실을 접하게 되는 것이다.

그러다 열일곱 살쯤 되면 더 이상 자신이 세상의 중심이 아니며, 그리 대단한 존재가 아니라는 사실을 깨닫게 된다. 초등학교 때는 미국의 하버드대학교 정도는 당연히 들어갈 줄 알았는데 점점 목표가 낮아지더니 이제는 대학생만 봐도 부럽기 짝이 없다. 좌절감과 패배감이 밀려온다. "아니야, 이럴 수는 없어." 그들은 핑곗거리를 찾기 시작한다. 그들에게 부모는 아주 좋은 먹잇감이 된다.

그리고 대개 두 가지 반응으로 나뉜다.

첫 번째는 "이건 모두 엄마 아빠 탓이야" 하며 부모를 탓하는 아이들이다. 우리 부모님이 부자였다면 아무 걱정 없이 호의호식하고 비싼 과외받으며 공부를 했을 텐데, 부모님이 가난하니까 내가 이 모양 이 꼴이 된 것이다. 우리 부모님이 미남 미녀였다면 나도 출중한 외모로 사람들의 주목을 끌었을 텐데, 부모님이 못나서 나도 이렇게 생겨 먹은 것이다. 공부를 못한 건 머리가 나빠서인데 그것도 부모님이 나한테 물려주신 것이다. 또한 우리 부모님이 나한테 행복한 어린 시절을 만들어 주지 못했기 때문에 내가 이렇게 삐뚤어진 것이다. 부모님이 원망스럽다.

이것이 바로 10대가 부모 탓을 하게 되는 시나리오다. 게다가 부모님 사이가 안 좋거나, 다른 형제를 편애한다든지 하면 부모를 탓하는 마음이 더욱 활활 타오른다.

두 번째는 "그러니까 엄마 아빠가 당연히 이걸 해 줘야 하는 거 아니야?" 하며 뻔뻔하게 더 요구하는 경우다. 이렇게 소중하고 귀한 나에게 엄마 아빠가 뭐든 다 해 줘야지. 다른 애들은 생일에 명품도 받는다는데, 방학 때 해외여행도 간다는데, 나는 왜 안 해 줘? 왜 못 해? 그 정도도 안 하면서 내가 열심히 공부하길 바라는 거야? 내가 왜 그래야 해? 날 낳아 놓고 이렇게 책임도 못 질 거면 왜 낳아서 나를 괴롭게 할까. 부모님이 원망스럽다.

어느 쪽이든 화가 나는데, 어떤 부모들은 그것도 모르고 10대를 여전히 어린아이 취급하며 참견한다. "차 조심해라", "자세 똑바로 해라"라는 말도 짜증나는데 자꾸만 같은 말을 반복하면 열일곱 살은 더는 참지 못하고 버럭 화를 낸다. 어른 대접을 받고 싶은데 계속 애 취급하는 부모가 못마땅하기 때문이다.

참견은 또 오죽한가. 사사건건 모든 것을 알려고 하는 부모와 자신만의 사생활을 갖고 싶은 열일곱 살의 실랑이는 멈추지 않는다. "내가 누구 만나는지, 몇 시에 만나는지를 왜 엄마한테 얘기해야 해요?", "아빠는 왜 메신저 내용을 궁금해해요?"라고 열일곱 살이 볼멘소리를 하면, 부모는 "나쁜 친구 만날까 봐 그러지", "휴대전화 좀 그만 들여다봐라. 너 할 일 많지 않아?"라고 받아친다. 그러다 부모가 교과서 같은 발언을 늘어놓기 시작하면 열일곱 살은 아예 귀를 막아 버린다.

"좀 그만하시라고요!"

이처럼 부모를 원망하는 열일곱 살을 보고 있으면 '나도 저 럴 때가 있었지' 하는 생각이 먼저 든다. 10대 시절을 거치며 한 번도 부모를 원망해 본 적이 없는 사람이 과연 있을까. 문제가 발생했을 때 부모 탓으로 돌리면 나 때문이라고 괴로워하지 않 아도 되니까 당장은 마음이 편해진다. 그렇지만 문제가 해결되 는 것은 아니다. 내가 처한 현실이 바뀌거나 나아지는 것도 하 나도 없다. 즉 문제가 생겼을 때 책임을 떠넘길 대상부터 찾는 것은 진정한 해결책이 아니다. 그런데도 왜 자꾸만 문제가 생기 면 부모 탓을 하게 되는 것일까? 정신분석학자 피터 블로스는 그 이유를 다음과 같이 말한다.

"사춘기에 이루어지는 개별화에는 고립감, 외로움, 혼돈이 따 른다. 유년기가 최종적으로 끝났다는 사실과, 행동에는 책임 이 따른다는 사실과, 개별적인 존재에는 분명한 한계가 있다 는 사실을 깨달았을 때 절박함과 두려움과 공포가 일어난다. 따라서 많은 사춘기 청소년들이 발달의 과도기적 단계에 무한 정 머물러 있으려고 한다. 이런 상태를 '사춘기 연장(prolonged adolescence)'이라고 부른다."

불확실한 미래가 두렵기만 한 아이들은 어른이 되고 싶어 하 면서도 어른이 되기 위해 꼭 갖춰야 할 책임감은 회피하고 싶어

한다. 즉 자유는 얻고 싶지만 책임지는 것은 싫은 것이다. 그래서 문제를 스스로 해결하기보다 대신 책임져 줄 누군가부터 찾게 된다. 그러다 보니 자연스럽게 부모 탓을 하게 된다.

하지만 부모는 열일곱 살이 겪는 문제를 다 해결해 줄 수 없다. 그들은 누구보다 자식의 미래를 걱정하지만 그들이 제시한 길이 정답일지는 미지수다. 왜냐하면 시대가 너무 변했기 때문이다. 시대가 빠르게 변화하다 보니 예전에 통했던 성공 방식이 지금 통하리라는 보장이 없다. 절대 안 망한다던 회사가 하루아침에 문을 닫는 경우가 어디 하나둘인가. 옛날에는 사법시험을 보면 그 뒤에 인생은 승승장구할 일만 남은 것처럼 말하곤 했다. 그러나 지금은 어떤가. 사법시험이라는 제도 자체가 폐지됐고, 로스쿨을 통해 변호사가 되더라도 로펌에 취직하기 어렵다고 난리다. 공무원과 선생님은 안정적이라고? 한때 누구나 이 직업을 얻기 위해 너도나도 몰려들었지만 숨겨진 고충이 크다는 것이 알려지면서 점차 인기가 떨어지고 있다.

그러므로 내 문제를 부모가 풀어 줄 것이라고 기대해서는 안 된다. 부모가 선택한 길을 따라갔는데 그게 정답이 아니라면 어쩔 텐가. 남들은 어떻게든 자기 길을 뚜벅뚜벅 걸어가는데 또다시 부모 탓을 하며 뒤로 물러나 있을 텐가. 더 이상 자신의 선택에 대해 책임지기를 거부하면 안 된다. 부모가 내 인생을 대신 살아 줄 것은 아니니까 말이다.

부모는 전지전능하지 않다. 또한 완벽하지 않기에 언제든 틀릴 수도 있다. 이런 사실을 인정하고 나면 부모님 말씀이라고 무조건 받아들일 필요도 없고, 부모님 말씀대로 했다가 손해 봤다고 부모 탓할 것도 없다. 부모가 틀릴 수도 있다는 점을 염두에 둔다면 가장 중요한 것은 대화다. 무엇이 최선의 선택일지 알 수 없을 때 도움을 요청하고 서로 대화로 의견을 조율하면 그 과정에서 분명 현명한 답이 나올 것이다. 설령 훗날 그것이 옳지 않은 선택이었다고 판명이 나더라도 함께 충분히 고민했기에 후회는 없지 않을까.

그리고 문제를 해결해 나감에 있어 나에게 도움을 줄 곳은 많이 있다. 교과서에서도 배울 게 있으며, 선생님과 친구들로부터도 배울 수 있다. 그뿐이랴. 원한다면 이 세상의 수많은 책들로부터도 배울 수 있다. 배워서 깨닫고 고치면서 발전해 나갈 수 있는 기회와 시간은 얼마든지 있다. 내가 마음만 먹으면 내 힘으로 바꾸어 나갈 수 있는 게 참으로 많은 것이다.

나는 어렸을 때 마라톤에서 출발선에 모여 선 수많은 선수들을 보며 불공평하다는 생각을 했었다. 맨 앞에 서 있는 선수와 맨 뒤에 있는 선수 사이의 거리가 상당히 멀어 보였기 때문이다. 누구도 그것의 불합리함을 지적하지 않는 것이 오히려 이상하게 여겨졌다.

그러나 어느 순간 마라톤은 42.195킬로미터라는 길고도 긴 코스를 뛰어야 하는 경기이므로 출발선이 조금 다르다는 게 별 의미가 없음을 깨닫게 되었다. 남들보다 조금 더 앞서서 출발했다고 좋아할 것도 없고, 남들보다 훨씬 뒤에서 출발했다고 실망할 것도 없다. 게다가 가만히 생각해 보면 인생이라는 마라톤에서 굳이 좋은 기록으로 남들보다 먼저 도착해야 한다는 강박관념을 가질 이유가 없다. 그저 저마다의 레이스에서 순간순간의 경치를 즐기고, 인내심과 지혜로 고비도 넘기면서 인생이라는 마라톤을 완주하는 것, 그거면 충분하다.

누군가 나를 싫어하는 걸
견디지 못하겠어요

기태는 고등학교 2학년 때 반장이 되었다. 중학교 1학년 때 반장을 맡은 후로 4년 만의 일이었다. 어릴 때는 뭣 모르고 어른들이 시키는 대로 반장을 했지만 지금은 그때보다는 훨씬 어른이니 멋진 반장이 되고 싶었다. 그러나 결과는 좋지 않았다. 반 친구들은 기태의 말을 잘 듣지 않았고, 제대로 되는 것은 하나도 없었다.

하지만 내가 보기에 문제는 기태에게 있었다. 기태는 모든 사람들이 자기를 좋아해 주기를 바랐다. 지지율 100퍼센트의 반장이 되고 싶었던 것이다. 그래서 누가 조금만 싫은 표정을 지어도 혹시 자신 때문은 아닐까 전전긍긍했다. 이를테면 한 친

심리학, 열일곱 살을 부탁해

구에게 "안녕" 하고 말을 걸었는데 그의 표정이 어두우면 '무슨 안 좋은 일이 있나?'라고 생각하는 게 아니라 반사적으로 '내가 뭘 잘못했나?'라고 생각하고 괴로워했다. 알고 보면 그 친구는 등굣길에 엄마랑 말다툼을 심하게 한 탓에 기분이 안 좋은 상태였을 뿐인데 말이다.

반 친구 모두에게 인정받고 싶은 기태에게 친구의 부탁을 거절한다거나, 반대를 무릅쓰고 무언가를 결정하는 것은 있을 수 없는 일이었다. 한 사람만 반대해도 그 친구가 마음에 걸려 쉽사리 결정을 내리지 못했다. 그러니 어떤 일이든 제대로 굴러갈 리 만무했다. 기태의 우유부단함에 짜증이 난 반 아이들은 하나둘씩 불만 표시하기 시작했고, 기태는 반장 역할도 제대로 하지 못한 채 마음의 상처만 받았다.

청소년 시절 아이들은 또래 친구들에게 인정받는 것을 굉장히 중요하게 여긴다. 심지어 부모에게 인정받는 것보다 친구에게 인정받는 것을 더 가치 있게 생각할 정도다. 하지만 기태처럼 모든 사람이 다 나를 좋아하고 인정해 주기를 바라면 안 된다. 왜냐하면 내가 잘못한 게 없더라도 나를 좋아하지 않는 사람이 있을 수 있기 때문이다. 생각해 보면 나도 내가 아는 모든 사람을 좋아하는 것은 아니지 않은가. 그래서 정신분석가 김혜남은 "당신을 알고 있는 사람들 중 30퍼센트가 당신을 좋아하고, 45퍼센트가 당신을 보통으로 생각하며, 25퍼센트가 당신을 싫어한다면 그것만으로도 대성공이다"라는 말을 하기도 했다.

물론 나를 싫어하는 사람이 있다는 것은 무척이나 슬프고 견디기 힘든 일이다. 그러나 나를 싫어하는 사람들의 눈치를 보면서 점수를 따려고 발버둥 치고, 자꾸만 휘둘릴수록 돌아오는 것은 초라한 나 자신뿐이다.

다행히 기태는 나중에 지지율 100퍼센트 반장이 되기를 포기했다. 애초에 그것이 불가능한 일이었음을 뒤늦게나마 깨달았기 때문이다. 그 후 기태는 무리한 부탁이면 정중히 거절할 줄 알게 되었고, 간혹 반대하는 의견이 있어도 대다수의 결정에 따라 반장 일을 처리해 나갔다. 그러면서 서서히 잃어버린 자신감과 웃음을 되찾게 되었다.

모든 사람을 만족시킬 수는 없다. 그냥 별 이유 없이 나를 싫어하는 사람이 있을 수도 있고, 나를 좋아하지만 내가 낸 의견이나 생각에 반대하는 사람이 있을 수도 있다. 그럼에도 자꾸 신경이 쓰이고 괴롭다면 스스로에게 물어보라.

'나는 그 친구를 좋아하는가?'

만약 좋아한다면 그 친구가 나를 싫어하는 이유를 찾아서 관계를 개선할 필요가 있다. 하지만 좋아하지 않는다면, 그 친구와 더 이상 친해지지 않아도 상관이 없다면 과감히 신경을 꺼버리라고 말하고 싶다. 그 친구에 대한 생각을 멈추고 나면 그때 비로소 알게 될 것이다. 엉뚱한 사람에게 잘 보이기 위해 애쓰다 보니 정작 나를 진심으로 아끼고 응원해 주는 친구들을 방

치하고 있었음을 말이다. 최선을 다해 노력해야 할 관계는 바로
그들과의 관계가 아닐까.

자신이 우울증인 줄도 모르는
아이들에게

우리나라의 청소년 사망 원인 중 1위는 자살이다. 자살이라는 극단적인 선택을 하는 아이들은 대부분 성적이나 진학 문제로 인한 우울증에 시달리는 경우가 많다.

그런데 우리는 이런 사실을 접하면 '도대체 어떤 아이들이 우울하다는 거야?'라는 의문이 생긴다. 왜냐하면 우울증이라고 하면 보통 인생에 대한 허무함을 느끼고, 무기력증을 호소하며, 슬픔과 절망에 빠져 있는 상태를 떠올리기 쉬운데 주변의 10대 아이들은 그런 증상을 보이는 경우가 별로 없기 때문이다. 하지만 그것은 어른들의 우울증 증상일 뿐이다. 아이들의 우울은 어른과는 다른 양상으로 나타난다. 우울한 아이는 우울하다고 호

심리학, 열일곱 살을 부탁해

소하는 게 아니라 갑자기 난폭해지거나, 등교하기를 꺼리는 등의 이상 증세를 보인다. 즉 우울이 가면을 쓴 형태로 나타나는 '가면우울증'인 경우가 많다.

특히 최근 들어 아이들의 우울증 증상으로 눈에 띄는 것은 등교 거부와 자해다. 전에는 학교를 결석하는 게 절대 있어서는 안 될 일이라는 분위기가 있었다. 성실하게 학교에 나가는 게 학생의 본분이라 여겼고, '개근상'은 명예로운 상이었다. 그러나 요즘은 가족과의 여행도 체험 학습으로 처리하면 출석으로 인정되고, 여학생들은 한 달에 한 번 생리 결석을 할 수 있다. 아이가 마음만 먹으면 이런저런 핑계를 대서 쉽게 허락을 받고 학교에 나가지 않을 수 있다는 말이다.

자해도 청소년기에 눈에 띄는 우울증 증상이다. 자해의 핵심은 자신의 감정을 잘 모르거나 표현하기 어려울 때, 그래서 해결하기는 어려운데 마음속에서 부글부글 끓어오르는 부정적인 에너지를 신체적인 아픔으로 치환하는 것이다. 자해했을 때 상처의 아픔을 견디기 위해 뇌에서 오피오이드 신경전달물질이 분비되면서 불안이 해소되는 것 같은 안정감을 느낄 수 있기 때문에 자해에 중독되기도 한다. 누군가 내 고통을 알아주길 바라는 마음의 표현이기도 해서 상처 사진을 SNS에 올리는 아이들도 있다.

부모를 비롯한 어른들은 어느 날 갑자기 아이가 짜증이 많아지거나, 느닷없이 말썽을 부린다거나, 말수가 줄어들면 '학교에 안 좋은 일이 있나 보다', '누가 질풍노도의 시기 아니랄까 봐 또 저런다', '왜 맨날 아프다고 그러지. 학교 가기 싫은 꾀병 아닌가'라며 대수롭지 않게 넘겨 버린다. 게다가 아이는 아이대로 자신이 우울증에 빠진 줄 모르는 경우가 많다. 우울함을 느끼기보다 그저 누구와도 말하기 싫고, 자도 자도 잠이 쏟아지며, 소화불량과 두통을 호소할 뿐이다.

유선이도 그랬다. 유선이는 초등학교 때만 해도 '영재'라고 불리던 아이였다. 한 번 가르치면 금세 익히는 딸을 보며 엄마의 욕심은 날로 커져 갔다. 엄마는 공부 일정을 빡빡하게 짜고 유선이를 끊임없이 다그쳤다. 중학생이 되자 유선이는 자기가 원하는 방식으로 공부를 하고 싶어 했지만 엄마는 계속해서 자신의 방법만을 강요했다. 그러자 유선이는 엄마에게 반항을 하기 시작했고 성적은 곤두박질쳤다. 고등학교에 들어가서는 아예 말문을 닫아 버렸다. 집이든 학원이든 가리지 않고 틈만 나면 잠에 빠졌다. 깨어 있는 모습을 보기가 힘들 정도였다. 그때서야 딸에게 문제가 있다고 생각한 엄마는 유선이를 데리고 나를 찾아왔다. 진단 결과 유선이는 우울증이었다.

그렇다면 어떻게 해야 내가 우울증에 걸린 것을 알아차릴 수 있을까? 갑자기 학교 가기가 싫어진다고 해서 그걸 모두 우울증이 아닌가 의심할 수도 없는 노릇. 그럴 때 나는 아이들에게 늘 자신의 기분 상태에 대해 주의 깊게 살펴보라고 말한다. 특별한 이유 없이 공부가 싫어지거나, 친구들과 만나는 게 귀찮고, 말수가 부쩍 줄어들며, 뭘 해도 즐겁지가 않고 기분이 계속 처져 있다면 우울에 빠진 것은 아닌지 의심해 봐야 한다.

만약 우울 증상인 것 같다고 생각되면 혼자 고민해 봐야 해결될 문제가 아니므로 주위에 도움을 구하는 것이 좋다. 친구들에게 "나 우울해"라고 말해 보라. 그러면 아마도 친구들이 "왜? 어떤데"라고 물을 테고 그러면 대화를 하는 가운데 문제가 무엇인지 발견할 수 있을 것이다. 그래도 아무런 재미가 없고 짜증만 더 늘어난다면 우울이 깊다고 볼 수 있다. 그럴 경우에는 빨리 어른들에게 도움을 구해야 한다.

가면을 써 본 사람들은 알 것이다. 그것이 얼마나 답답하고 괴로운지를. 가면을 벗어 버리면 되지 않느냐고? 하지만 가면을 쓸 수밖에 없는 사람들에게 그러한 말은 전혀 위로가 되지 않는다. 우울한 감정은 의지나 정신력으로 해결할 수 있는 문제가 아니기 때문이다. 우울증은 뇌의 병이다. 일부러 꾀병을 부리거나 의지가 약해서 생긴 병이 아니다. 그리고 성인 5명 중 1명이 걸릴 정도로 많은 사람이 걸리는 질병이다. 폐렴에 걸리면 병원에 가서 약을 먹고 치료를 받듯 마음의 독감인 우울증도 치료를 받아야 한다.

과거보다는 청소년의 우울증에 대한 인식이 많이 보편화되었다고는 하지만 아직까지도 정신 질환에 대한 강한 거부감과 편견을 가진 사람이 많은 게 사실이다. 그래서 정신 질환에 걸리면 병을 고칠 생각은커녕 창피하게 생각하며 쉬쉬하는 경향을 보인다. 우울한 아이들이 자책과 자기 비하에 빠지는 것은 바로 그 때문이다. 그러나 우울증에 걸린 자신을 수치스러워하며 꼭꼭 숨기려고 하면 절대로 우울에서 벗어날 수 없다. 마음이 독감에 걸린 것이니 그걸 치료하면 된다고 생각하면 훨씬 마음이 편해질 것이다.

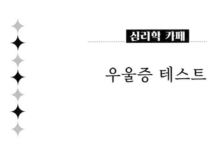 

우울증 테스트

아래의 항목을 읽고 '요즘 며칠 사이 이런 경험을 얼마나 자주 했는지'를 그 빈도에 따라 적절한 숫자에 표시해 보자.

0점: 전혀 그렇지 않다 | **1점**: 가끔 그렇다
2점: 자주 그렇다 | **3점**: 항상 그렇다

1 나는 슬프고 기분이 울적하다.

2 나의 외모는 추하다고 생각한다.

3 나 자신이 무가치한 실패자라고 생각된다.

4 나는 다른 사람에 비해 열등하고 뭔가 잘못되어 있다고 느껴진다.

5 매사에 나 자신을 비판하고 자책한다.

6 나의 앞날엔 희망이 없다고 느껴진다.

7 어떤 일을 판단하고 결정하기가 어렵다.

8 쉽게 화가 나고 짜증이 난다.

9	진로와 취미, 가족, 친구에 대한 관심을 잃었다.
10	어떤 일에 나 자신을 억지로 내몰지 않으면 일을 하기가 어렵다.
11	인생은 살 가치가 없으며 죽는 게 낫다는 생각을 한다.
12	식욕이 없거나 또는 지나치게 많이 먹는다.
13	불면으로 고생하며 잠을 개운하게 자지 못한다. 또는 지나치게 피곤하여 너무 많이 잔다.
14	나의 건강에 대해 걱정을 많이 한다.
15	성(sex)에 대한 관심을 잃었다.

채점 및 해석 _____

15개 항목에 대해 표시한 숫자를 합하면 총점이 되며, 총점의 의미는 다음과 같다.

0~10점 현재 우울하지 않은 상태.

11~20점 정상적이지만 가벼운 우울 상태. 자신의 기분을 새롭게 전환하려는 노력이 필요하다.

21~30점 무시하기 힘든 우울 상태. 우울 상태를 극복하기 위한 적극적인 노력이 필요하며 이러한 상태가 2개월 이상 지속될 경우에는 전문가의 도움을 받아야 한다.

31~45점 심한 우울 상태. 가능한 한 빨리 전문가의 도움을 받아야 한다.

10대가 가장 많이 쓰는
방어기제 네 가지

살다 보면 적개심과 분노, 공격 충동, 성적 충동 등을 느낄 때가 있다. 그처럼 위험한 욕망들이 밖으로 그냥 튀어나오면 어떻게 될까?

내가 남을 파괴하거나 창피를 당하는 일이 발생하게 될 것이다. 다행히 우리의 마음 안에는 검열 기관이 있어서 위험한 욕망들이 그대로 표출되지 않도록 조절한다. 그 과정에서 우리가 사용하는 것이 바로 '방어기제'다.

이를테면 가영이와 선아와 희수가 점심을 먹고 영화를 보러 가기로 했다고 해 보자. 가영이와 선아는 시간에 맞춰서 만나기로 한 장소에 도착했다 그런데 희수는 1시간이나 늦게 왔다. 배가 고픈 가영이와 선아는 속으로 많이 화가 났다. 이때 가영이는 직접적으로 화를 내지는 않았지만 마치 희수를 없는 사람 취급해서 희수를 기분 나쁘게 만들었다. 이렇게 드러내고 화내기보다 간접적으로 공격하는 방어기제를 '수동 공격(passive-aggressive)'이라고 한다. 반면 선아는 괜히 늦게 온 희수의 옷과 머리 모양을 칭찬했다. 이 경우 속마음과는 전혀 다른 행동을 하는 것으로 '반동 형성(reaction formation)'이라는 방어기제를 사용한 것이라고 볼 수 있다. 권위적인 선생님에 대해 강한 적대감을 가지고 있지만 겉으로는 오히려 예의 바르고 공손하게 대하는 것이 여기에 속한다.

이처럼 우리는 일상생활을 하면서 저마다 익숙한 방어기제를 사용하며 살아간다. 그리고 어떤 방어기제를 주로 사용하느냐에 따라서 성격이 결정된다고 볼 수 있다. 그렇다면 나는 과연 어떤 방어기제를 사용하고 있을까? 우리가 사용하는 방어기제에는 미숙하고 파괴적인 것에서부터 성숙하고 건설적인 것까지 다양한 종류가 있다. 보통 어릴 적에는 아직 성격이나 자아가 완성되지 않은 상태이므로 미숙한 방어기제를 사용하게 된다. 특히 10대 시절에 주로 사용하는 미숙한 방어기제로는 다음과 같은 것들이 있다.

1. 억압(repression)

억압은 방어기제 중 가장 대표적인 것으로 기억하고 싶지 않

심리학, 열일곱 살을 부탁해

은 고통스러운 기억이나 받아들이기 힘든 거북한 욕망 등을 무조건 눌러서 무의식에 파묻는 것을 말한다. 보통 사람들은 억압하고 난 뒤 마치 그런 일이 없었던 것처럼 행동한다. 그러나 억압된 욕망은 강력한 에너지를 가지고 있어서 자꾸만 밖으로 뛰쳐나오게 된다.

나에게 상담을 받던 아이 중에 항상 이유를 알 수 없는 소화불량에 시달리는 아이가 있었다. 하지만 병원을 가 봐도 도대체 무엇이 문제여서 몸이 아픈 것인지 알아내지 못했다. 나와 상담을 할 때도 화목한 집에서 큰 문제없이 행복하게 살고 있다고만 얘기했다. 그런데 어느 날부터 아이의 집안과 관련된 문제들이 하나씩 튀어나왔다. 알고 보니 주위 친척들과의 문제로 가족들이 모두 스트레스를 받고 있으며 부모님의 건강도 좋지 않았다. 이 아이의 경우, 고통이 너무 큰 나머지 고통을 억압해 버려서 나에게 정말로 할 말이 없었던 것이다. 하지만 억압된 스트레스는 숨겨지지 않고 소화불량으로 나타났다.

기침과 사랑, 가난은 감출 수 없다는 말이 있다. 하지만 나는 정신과 의사의 입장에서 이 말을 이렇게 바꾸고 싶다. 고통과 상처, 욕망은 감출 수 없다. 그것은 어떻게든 우리 앞에 나타난다.

2. 합리화(rationalization)

합리화는 문제가 발생했을 때 자책감이나 죄책감을 느끼지 않기 위해 그 문제를 만든 태도와 행동을 정당화하는 그럴듯한 설명을 해서 방어하는 것을 말한다. 이를테면 성적이 잘 안 나왔을 때 "선생님이 너무 못 가르쳐서"라고 하거나, 약속 시간에 늦었을 때 "차가 너무 막혀서"라고 하는 것들이 이에 속한다.

하지만 이 방어기제를 자주 사용할 경우 책임감이 없어 보이기 때문에 사람들의 신뢰를 얻기가 힘들다. 진정한 신뢰를 얻고 싶다면 모든 일에 책임감을 갖고 일해야 하며, 혹시 어떤 실수나 잘못을 했을 때는 솔직하게 인정하는 것이 좋다. 그럴듯한 변명은 다른 사람들이 눈치채지 못할 것 같지만, 사실 훤히 다 보이기 때문이다.

3. 회피(avoidance)

지난 학기 은주는 다이어트에 성공하여 친구들 사이에서 유명 인사가 되었다. 먹는 것을 조금 조절하고 운동을 했더니 몸무게가 5킬로그램이나 줄어든 것이다. 어떻게 살을 뺀 것인지 부럽다며 말을 거는 친구들이 많아지자 은주는 여러 사람들에게 관심을 받는 것이 너무 기뻤다. 그런데 이번 겨울방학 동안 운동에 소홀했더니 체중이 원래 상태로 돌아갔다. 은주는 다이어트로 인해 친해진 친구들이 다시 뚱뚱해진 자신에 대해 험담을 할까 봐 걱정이 됐고 급기야 친구들의 문자나 전화를 피하게 됐다.

이렇게 두려운 상황, 마주치고 싶지 않은 상황을 피함으로써 그것과 일정한 거리를 유지하고 싶어 하는 방어기제를 회피라고 한다. 그런데 개학을 하고 친구들을 만났을 때, 은주의 걱정과는 달리 친구들은 은주에게 밝은 모습으로 다가왔다. 다이어트에 대한 관심으로 은주와 친해졌지만 은주 자체를 좋아하게 되었기 때문이다.

그러니 피하고 싶은 마음이 드는 순간들이 있겠지만 문제를 해결하는 방법은 직접 부딪혀 보는 수밖에 없음을 잊지 말자.

4. 부정(denial)

이것은 내가 나에게 "절대로 그럴 리가 없어"라고 강하게 말하는 것을 의미한다. 알면서 일부러 그러는 것이 아니라 진실을 받아들이는 게 너무 고통스러워서 무의식중에 부정하고 고개를 젓는 것이다. 실연을 당했을 때, 사랑하는 사람이 죽었을 때, 암 선고를 받았을 때와 같은 고통스러운 일이 발생하면 그 사실을 인정하지 못하고 부정이라는 방어기제를 사용하게 된다.

사실을 인정하고 받아들이지 못할 정도로 아픔과 상처가 크다고 하더라도 그것을 부정하는 것은 현명한 대처 방법이 아니다. 오히려 그 순간에는 죽을 듯이 힘들어도 충분히 아파해야만 진정으로 떠나보낼 수 있다.

이 외에도 행동화(충동적으로 행동함), 공상(마음에 안 드는 사람을 괴롭히거나 깔아뭉개는 상상을 하면서 갈등을 해소함), 분리(좋고 싫은 면이 공존할 수 있다는 것을 인정하지 못하고, 전부 좋거나 전부 싫다는 식으로 나누려고 함), 체념(어차피 안 될 것이기에 포기함) 등의 방어기제 또한 성숙하지 못한 방어기제라고 볼 수 있다.

그렇다면 성숙한 방어기제로는 어떤 것들이 있을까. 가장 대표적인 것으로는 유머(humor)를 들 수 있다. 예를 들어 친구와 여행을 갔는데 날씨가 좋지 않아 친구가 자꾸 짜증을 낸다고 하자. 이때 같이 짜증을 내거나 화를 내는 대신 "나중에 절대 잊지 못할 여행이 되려고 비가 오는 거 같은데? 이렇게 된 거 비 올 때만 할 수 있는 거 없나 찾아보자"라고 분위기를 띄우며 갈등을 해소하는 것을 말한다. 승화(sublimation)도 성숙한 방어기제인데, 파괴적인 욕망을 사회적으로 용납될 수 있는 방향으로 표현하는 것이다. 마음이 불편할 때 건설적이고 창조적인 일, 이를테면 책 읽기나 운동하기, 그림 그리기 등으로 마음을 정화시키는 것이 이에 속한다. 이 밖에 다른 사람을 위로하며 내 마음도 달래는 이타주의(altruism)도 성숙한 방어기제라고 볼 수 있다.

내가 주로 어떤 방어기제를 쓰고 있는지를 가만히 되짚어 보면 내가 과연 성숙한 사람인지, 미성숙한 사람인지 스스로를 판단해 볼 수 있다. 누구나 성숙한 성격을 가지고 싶어 하지만 그러기 위해서 무엇을 해야 할지 생각해 보면 막연하기 짝이 없다. 그럴 때 일상 속에서 미숙한 방어기제보다 성숙한 방어기제를 사용할 수 있도록 노력하는 건 어떨까. 크고 극적인 변화도 하루하루의 작은 변화들이 모여서 이루어진다는 사실을 믿으면서 말이다.

포기하고 싶을 때
딱 한 걸음만 더 나아가라

역사학자 토인비는 《역사의 연구》라는 책에서 아주 재미있는 역사 이론을 펼친다. 가혹한 환경이 인간을 위협하면 그에 맞서 싸우는 과정에서 인류 역사가 발전해 왔다고 주장한 것이다. 고대 중국 문명을 예로 들어 보자. 양쯔강과 황허강은 중국을 대표하는 강인데, 그중 양쯔강 유역은 기후가 따뜻하고, 농토가 비옥해서 농사를 짓기에는 최적의 환경이었다. 반면 황허강 유역은 너무 추워서 겨울이면 강물이 얼어붙어 배가 다닐 수조차 없었다. 게다가 매년 범람이 잦아 농사 피해가 이만저만이 아니었다. 그런데 고대 문명이 생겨난 곳은 양쯔강이 아니라 험난한 황허강 유역이었다. 황허 문명뿐만 아니라 다른 고대 문명

심리학, 열일곱 살을 부탁해

의 발상지 또한 모두 척박하기 이를 데 없는 환경이었다.

그래서 토인비는 인류 역사는 곧 '도전과 응전'의 역사로 설명될 수 있으며, 가혹한 환경이 없었다면 인류는 지금처럼 발전할 수 없었을 거라고 말한다. 토인비는 이 주장을 뒷받침하기 위해 청어와 관련된 이야기도 했다. 보통 북해나 베링 해협 같은 먼 바다에서 잡히는 청어는 운반되는 동안 죽어 버리기 일쑤다. 그런데 언젠가부터 런던에 살아 있는 청어가 대량으로 공급되기 시작했다. 그 비결은 다름 아닌 청어의 천적, 물메기에 있었다.

청어들이 가득 담긴 수조에 물메기를 몇 마리 넣으면 청어는 물메기에게 잡아먹히지 않으려고 있는 힘껏 도망다닌다. 청어에게 물메기와 함께 있는 것은 가혹한 시련이었고, 그에 맞서 필사적으로 대응하다 보니 오히려 죽지 않고 살아남을 수 있었다.

우리는 삶에 시련이나 고통이 찾아오면 나쁜 일이 벌어졌다고만 생각한다. '왜 하필이면 이런 일이 나에게 일어났을까?'라고 생각하며 세상을 원망하기도 한다. 하지만 토인비의 주장에 따르면 시련이나 고통이 꼭 나쁜 것만은 아니다. 시련에 맞서 싸우는 과정에서 우리는 더욱 성숙해지고 강인해지니까 말이다.

1960년대 초 생물학자 로버트 사폴스키는 막 태어난 쥐 몇 마리를 21일 동안 매일 작은 우리 속에 15분 정도 격리시켰다가 다시 어미에게 보내 주는 실험을 했다. 그 결과 이 쥐들은 성장하면서 스트레스를 받아도 잘 이겨 내고, 모험을 두려워하지 않으며, 용감하게 도전했다. 반면 어미와 떨어져 혼자 있어 본 경험이 없는 쥐들은 작은 스트레스에도 민감하게 반응하며 괴로워했다. 그래서 자기심리학의 대가인 하인즈 코헛은 인간이 건강한 심리 구조를 이루려면 반드시 '적절한 좌절(Optimal frustration)'을 경험해야만 한다고 주장한다.

그런데 요즘 열일곱 살은 고통과 시련이 찾아오면 지레 겁부터 먹는다. 어떻게든 도전할 생각을 하는 게 아니라 좌절하고 다시 못 일어나지 않을까부터 염려한다. 그들의 두려움은 결국 도전에 대한 무조건적인 회피 현상으로 나타난다.

"지금 고1인데요. 저는 우리나라의 교육제도가 너무 싫어요. 모든 게 대학 입시 위주고, 학생 개인의 개성은 완전히 무시해 버리잖아요. 친구들과 경쟁해야 하는 것도 힘들고요. 고등학교 3년 내내 이렇게 보내야 한다고 생각하면 벌써부터 숨이 막혀요. 용기도 안 나고요. 그래서 다른 나라로 유학갈까 생각 중이에요. 그곳에서 새출발하면 잘할 수 있지 않을까요?"

'리셋 증후군'을 보이는 어느 열일곱 살의 이야기다. 리셋 증후군이란 컴퓨터가 원활하게 돌아가지 않거나 제대로 작동하지 않을 때 리셋 버튼만 누르면 처음부터 다시 시작할 수 있는 것처럼 현실 세계에서도 리셋이 가능할 것이라 착각하는 현상을 일컫는 말이다. 힘들고 고통스러운 상황에서 벗어나 다시 새롭게 시작하고 싶은 마음이야 이해하지만 다른 나라로 간들 그곳이라고 역경이 없을까? 그 어떤 환경에서도 고통스러운 과정은 있게 마련인데 그때마다 다시 시작할 수는 없는 노릇 아닌가.

또 열일곱 살 때 겪어야 할 역경을 피하려다 오히려 20대에 더 큰 위기에 봉착할 수도 있다. 20대, 30대가 되어 그 나이에 마땅히 겪어야 할 고통과 사춘기의 고통까지 뒤죽박죽 겪고 싶지 않다면 차라리 지금 겪는 게 낫는 말이다. 《그래도 계속 가라》라는 책에서 '늙은 매'라 불리는 할아버지는 손자인 제레미에게 다음과 같이 말한다.

"얼마나 많이 불어닥치건 간에 폭풍에 맞서 대항하다 보면, 그것에 저항하기 위해서는 굳이 폭풍만큼 강할 필요가 없다는 사실을 터득하게 된단다. 그냥 서 있을 정도로만 강하면 된다. 겁에 질린 채 떨면서 서 있든지, 주먹을 휘두르면서 서 있든지 간에 우리가 서 있는 한은 그만큼 강하다는 뜻이 아니겠느냐."

어떤 사람들은 잘하지 못할 바엔 처음부터 도전하지 않는 게 낫다고 말한다. 중간에 그만두면 괜히 시간만 낭비하는 셈이라고 주장하면서 말이다. 그러나 그것은 도전이 두려워 포기해 버리는 사람의 변명에 불과하다. 늙은 매의 말처럼 폭풍이 불어닥쳤을 때는 서 있을 정도로만 강해도 된다. 이렇게 생각한다면 할 수 없다고만 말할 게 아니라 뭐든 해 볼 수 있지 않을까? 포기하고 싶은 마음이 들 때는 더도 말고 딱 한 발자국만 앞으로 나가 보라. 시련을 이겨 내고 더 단단해진 나를 상상하면서 말이다.

심리학, 열일곱 살을 부탁해

말해야
도움받을 수 있다

'나를 해칠 것은 아무것도 없다. 편안하고 따뜻해서 졸음이 쏟아진다. 기분이 좋다. 깊은 평화와 함께하는 느낌이 든다. 아, 이 행복이 멈추지 않았으면 좋겠다.'

우리는 누구나 그런 경험을 한 적이 있다. 태어나기 전 엄마의 배 속이 바로 그런 공간이었다. 우리는 그곳에서 아무런 걱정이 없었다. 엄마가 나를 세상의 모든 위험과 고통으로부터 지켜 주었기 때문이다. 그저 편안함을 만끽하며 심심하면 발로 엄마 배를 차기도 하고, 배고프면 엄마에게 신호를 보내 먹을 것을 먹고, 배부르면 다시 자곤 했다.

물론 이제 다시는 그곳으로 돌아갈 수 없다는 사실을 안다.

하지만 그럼에도 사람들은 때때로 엄마의 배 속 같은 공간을 그리워한다. 너무 힘들고 괴로울 때, 너무 지쳐 꼼짝할 수 없을 때, 약육강식의 세상에서 살아남기 위해 애쓰는 자신이 안쓰러울 때 그런 곳이 존재한다면 지친 마음을 위로받고 편안히 쉴 수 있을 거라고 생각하는 것이다.

그럴 때 우리는 보통 '우리 집'이 그러한 공간이 되기를 바란다. 하지만 현실의 우리 집은 화목하고 단란하기는커녕 세상과 싸우다 지친 가족들이 잠깐 잠만 자고 나가는 삭막한 공간이기 십상이다.

소설 《위저드 베이커리》에서 주인공은 "누군가의 전적인 보호를 받아야 할 나이도 아니고 그렇다고 해서 스스로 서기에는 자신감이 2퍼센트 부족한 나이, 지구에서 가장 한심스러운 숫자 열여섯" 살의 소년이다. 소년은 아버지가 재혼을 하면서 의붓어머니, 의붓여동생과 함께 살게 된다. 의붓어머니는 소년의 존재를 달가워하지 않고 눈치를 준다. 편히 쉬어야 할 집에서 의붓어머니의 눈에 거슬리지 않게 마치 없는 사람처럼 지내야 했던 소년은 결국 이상 증상으로 심하게 말을 더듬기에 이른다. 그래도 소년은 어른이 될 때까지는 최소한의 잠자리라도 보장되는 집에서 어떻게든 버텨 보려고 한다.

그러나 어느 날 의붓어머니가 자신을 여동생을 성추행한 범인으로 몰아세우자 소년은 더 이상 버티지 못하고 집을 뛰쳐나

심리학, 열일곱 살을 부탁해

온다. 갈 곳 없는 소년이 우연히 찾아간 위저드 베이커리. 소년은 그곳에서 인간들의 주문에 따라 마법의 빵을 만드는 마법사, 그를 돕는 파랑새와 함께 지내며 가족에게는 한 번도 느껴 보지 못한 위안을 얻는다. 물론 소년은 평생 그곳에 머물 수 없으며 집으로 돌아가야 한다는 사실을 알고 있다. 그럼에도 소년은 쉬이 집으로 돌아가지 못한다. 다친 마음을 위로받을 수 있는 데가 거기밖에 없었고, 스스로 문제를 풀 힘이 생길 때까지 유예 기간이 절실했기 때문이다.

만약 소년에게 위저드 베이커리가 없었다면 어떻게 되었을까? 생각만 해도 끔찍하다. 하지만 대한민국 열일곱 살 아이들에게는 위저드 베이커리처럼 상처가 아물고 다시 온전히 두 발로 설 수 있을 때까지 머물 수 있는 심리적인 공간이 없다. 집에서조차 매일 공부하라고 닦달만 당하는데 어디 가서 위안과 위로를 받겠는가.

그래서 열일곱 살은 혼자 감당하기는 벅찬, 누군가의 도움을 필요로 하는 문제를 만났을 때 어찌할 바를 몰라 한다. 담임 선생님에게 개인적인 고민을 얘기하자니 창피하고 왠지 부담스럽다. 외부 상담 기관에 찾아가자니 너무 일이 커지는 것 같아 망설여진다. 친구가 가장 편하긴 한데 실질적인 도움을 기대하긴 힘들다. 상담 교사를 찾아가면 되지 않느냐고? 상담 교사가 있는 학교는 초·중·고등학교 다 합해서 40센트 정도밖에 되지 않는다. 과거에 비해 많이 늘었다고는 하지만, 학생 수 대비 아직 많이 부족한 수준이다. 그러다 보니 열일곱 살은 혼자 속으로만 끙끙 앓는 경우가 많다.

상담 시간에 발생하는 재미있는 현상이 있는데, 환자들은 중요한 문제를 말하지 않거나 별로 중요하지 않은 것처럼 슬쩍 흘리곤 한다는 것이다.

은우가 그랬다. 은우는 상담을 받는 내내 나에게 언니가 백혈병으로 병원에 입원해서 항암 치료를 받고 있다는 얘기를 하지 않았다. 친한 친구들도 은우에게 그런 일이 있는 줄 까맣게 몰랐다. 시간이 아무리 흘러도 얘기할 기미를 안 보이자 은우에게 조심스럽게 물어보았다. 어머니에게 언니 이야기를 전해 들었는데 왜 언니 얘기는 한 번도 하지 않느냐고 말이다. 은우는 갑자기 얼굴이 굳어졌다. 한참 뒤에야 은우는 백혈병에 걸린 언니가 너무 불쌍해서 '언니'라는 단어만 떠올려도 마음이 괴롭다고 했다. 친구들에게 얘기하면 가끔씩 언니의 안부를 물을 텐데 그때마다 마음이 아플 걸 생각하니 말하고 싶지 않다는 거였다.

은우는 폭식증으로 치료받고 있는 중이었다. 은우는 불안하고 외로울 때마다 폭식을 했다. 아마도 힘든 마음을 음식으로 달래려다 보니 그렇게 되었을 것이다. 언니가 혹시나 죽으면 어떡하나 걱정했을 테고, 모든 가족이 언니 병간호에만 매달려 있으니 얼마나 외로웠을까. 분명 은우는 자기라도 괜찮은 척해야 한다고 생각하고, 그래서 힘들고 괴로울수록 더 명랑한 척

심리학, 열일곱 살을 부탁해

했을 것이다. 하지만 그것이 도리어 병을 키우는 화근이 되고 말았다.

혼자 감당하기 힘든 문제를 만났을 때 속으로만 끙끙 앓는 아이들을 종종 만난다. 그들은 말해 봐야 문제가 풀리는 것도 아니고 오히려 더 마음만 아플 것 같다면서 입을 다물어 버린다. 하지만 문제가 있다고 말하고 그에 맞는 도움을 받지 않는다면, 무슨 수로 문제를 고칠 수 있단 말인가. 설령 실질적인 도움을 얻지 못하더라도 누군가에게 내 속내를 털어놓으면 마음이 한결 홀가분해진다. 내 이야기에 귀를 기울여 주는 사람을 만나 위안을 얻게 되기 때문이다.

그게 무엇이든, 문제가 있어서 마음이 괴롭다면 제발 혼자 고민하지 말고 도움을 구하라. 내가 도와 달라고 손을 내밀면 반드시 누군가가 그 손을 잡아 주게 되어 있다. 열여섯 살 소년이 손을 내밀었을 때 마법사가 그 손을 잡아 준 것처럼 말이다. 하지만 도와 달라고 말하지 않으면 그 누구도 내게 문제가 있다는 걸 알 수 없다. 물론 내 마음을 아프게 하는 문제를 말로 표현한다는 것은 엄청난 용기를 필요로 하는 일이다. 숨기고 싶은 나의 치부를 누군가에게 드러낼 수 있어야 하고, 외면하고 싶은 문제를 똑바로 바라봐야만 하기 때문이다.

나는 종종 자신의 문제를 털어놓는 아이에게 "말해 줘서 고마워"라고 한다. 용기를 내서 고맙고, 내게 도와줄 수 있는 기회를 줘서 고맙다. 그런데 세상에는 나 같은 사람이 많이 있다. 그러니 용기를 내어 말해 보라. 도와 달라고. 그 한마디면 된다.

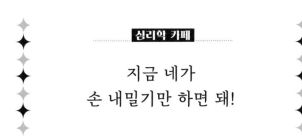

지금 네가
손 내밀기만 하면 돼!

아무리 주위를 둘러봐도 도와줄 사람이 없을 때는 어떻게 해야 할까? 아는 사람에게는 도저히 말 못 할 문제라면 또 어떻게 해야 할까? 10대가 찾아 가면 도움을 받을 수 있는 곳들이 있다. 그중 몇 군데를 소개한다.

사이버 1388 청소년상담센터(https://www.cyber1388.kr:447/)
학업, 진로, 가족 문제, 친구 관계, 학교 폭력, 성폭력, 기출 등 청소년의 다양한 고민에 대해 전문상담가와 심리 상담을 나눌 수 있는 상담 채널이다. 부모 및 보호자도 청소년 심리 지도, 지원에 대한 내용을 상담할 수 있다. 365일 24시간 상담 가능하며 웹 채팅, SNS 메신저, 전화 상담이 가능하다. 전화는 (지역번호) 1388이며, 자살예방상담전화 109번으로도 상담 가능하다.

아하 서울시립청소년성문화센터(https://ahacenter.kr/)

아하 서울시립청소년성문화센터는 YMCA가 서울시와 여성가족부의 지원을 받아 운영하는 청소년의 성교육·상담 전문 기관이다. 인터넷 홈페이지로 온라인 상담을 받을 수 있으며, 채팅으로도 상담받을 수 있다. 홈페이지를 방문해 보면 성과 관련된 유용한 자료들이 많이 올려져 있다.

한국청소년쉼터협의회(http://www.jikimi.or.kr/index.php)

가출 청소년이나 가정에 머물기 어려운 청소년이라면 누구나, 언제든지 청소년쉼터의 무료 숙식 및 의료 서비스, 상담 및 심리 검사 등을 받을 수 있다. 전국에 있는 쉼터 연락처는 홈페이지에서 확인 가능하다.

나는 그저 너의 내일이
기대될 뿐이야

'사는 게 왜 이렇게 힘든 걸까?'

삶은 나를 가만히 놔두지 않았다. 어느 날 갑자기 아버지의 사업 실패로 집안이 기울었는데 그로 인한 경제적인 어려움은 생각보다 더 컸다. 가난은 단지 불편한 것일 뿐이라고 말하는 사람도 있지만 내가 피부로 느낀 가난은 분명 불편함 그 이상이었으니까. 가족 내 비극도 겪어야 했는데 그중에는 수십 년이 지난 지금도 쉽게 말할 수 없는 일들도 있었다. 지금 생각해 보면 별일이 아니지만 대학 입시에 떨어졌을 때도 마음이 많이 아팠다. 그뿐만이 아니었다. 10년 넘게 속앓이를 했던 첫사랑은 내게 관심이 없었으며, 그 후로도 사랑의 화살표는 참 많이도 엇갈렸다. 의사가 되기 위한 공부도 각오했던 것보다 더 힘들었다. 그럴 때마다 나는 '인생이 좀 쉬울 수는 없을까, 왜 이렇게 하나도 만만한 게 없을까, 너무 세상이 불공평한 거 아닌가'라는 생각을 하곤 했다. 산다는 것이 원래 힘든 것이라는 사실을 받아들이기엔 그때 나는 너무 어렸다. 그래서일까. 열일곱 살 아이들이 가끔 내게 "휴, 너무 힘들어요"라고 말할 때면 가슴이 먹먹해진다. 하지만 그렇다고 섣부른 사명 의식(?)을 발동시키지는 않는다. 그것이 오히려 아이를 망칠 수도 있다는 사실을 뼈저리게 배웠기 때문이다.

초보 정신과 의사 시절, 나는 아이들의 마음을 100퍼센트 이해한다고 말할 수 없지만 그래도 꽤 이해한다고 자부했다. 실제로 많은 아이들이 치료에 있어 빠른 진전을 보이기도 했다. 그러자 어느 순간 그 아이들의 미래에 대해서도 욕심을 내게 되었다. '이제 많이 좋아졌으니 이걸 좀 해 보면 어떨까, 아님 저걸 해 볼래?'라고 권유하며 슬슬 앞서 나가기 시작했다. 작게는 취미 활동을 권하는 것부터 크게는 대학 입시에서의 전공 분야와 직업을 선택하는 일까지, 그 아이에게 어울릴 만한 것들을 이것저것 제시해 보기도 했다.

하지만 곧 모든 게 내 마음처럼 되지 않는다는 깃을 일세 되었다. 여기서 조금만 더하면 아이가 능력을 제대로 발휘할 수 있을 것 같은데, 그럼 정말 금상첨화일 것 같은데, 이것저것 권

심리학, 열일곱 살을 부탁해

유해 봐도 아무런 반응이 없을 때의 실망스러움이란 이루 말할 수가 없었다. 정화가 자퇴를 하고 싶다고 했을 때도 그랬다. 자퇴만은 안 된다고 말렸지만 정화는 끝내 자퇴를 했다. 그 후 정화는 담배를 배우고, 술집에 들락거리기도 했으며, 그러다 술집에서 만난 남자와 깊은 관계에 빠지기도 했다. 정화를 지켜보는 나는 속이 타들어 갔다. 저러다 돌이킬 수 없는 상처를 받는 게 아닐까 두려웠고, 정화의 방황이 끝나긴 할까 의심이 들기도 했다. 그런데 어느 날 정화가 나를 찾아왔다.

"선생님, 저 공부해서 대학 갈래요. 그런데 도대체 어디서부터 어떻게 시작해야 할지 모르겠어요. 선생님이 좀 도와주시면 안 돼요?"

정화가 자퇴를 한 뒤로 내가 한 것이라곤 그저 그 아이를 지켜보는 일뿐이었다. 그 외에 내가 한 게 있다면 정화가 무엇을 하든 비난을 하지 않았다는 것 정도. 그런데 정화가 스스로 방황을 끝내고 돌아왔다. 부끄러웠다. 내가 아무리 아이를 위해서 좋은 길을 제시한다고 해도 아이가 그것을 받아들이지 않으면 아무 소용이 없다는 사실을, 아이는 언제나 스스로 제 길을 찾아간다는 것을 왜 나는 몰랐던 걸까. 대부분의 어른들이 그렇듯, 나도 정화가 그런 일을 겪지 않았으면 좋겠다고 생각했는지도 모른다. 그러나 정화를 보며 그것 또한 나의 욕심이라는 사실을 깨달았다.

내가 읽은 청소년 소설 중에 가장 좋아하는 소설은 바로 김려령 작가의 《완득이》다. 완득이는 집도 가난하고 공부도 못하는 열일곱 살 소년이다. 어머니는 기억에 없고, 난쟁이라 불리는 아버지와 지능이 약간은 모자라는 삼촌과 겨우겨우 살다 보니 이래저래 상처를 입게 되었고, 그 결과 세상 모든 것에 관심을 끄고 산다. 누가 먼저 말을 걸지 않으면 하루 종일 한마디도 안 하며, 있는 듯 없는 듯 세상으로부터 숨어 산다.

그런데 담임 선생님 '똥주'가 자꾸만 "거기, 도완득!" 이라고 외치며 완득이를 세상으로 불러낸다. "가난한 건 쪽팔린 게 아니라 굶어서 죽는 게 쪽팔린 거야", "상처 되기 싫으면 니 입으로 먼저 말해 버려"라고 하면서 말이다. 그러고는 완득이가 체육관에 나가 킥복싱을 하게 도와주고, 투자자를 자처하며 완득이 아버지에게 댄스 교습소를 차려 주며, 베트남에서 온 어머니와 만나게 도와준다. 그 덕에 완득이는 서서히 변화하게 된다. 어머니를 만나 애정을 표현하는 법을 알게 되고, 킥복싱을 배우면서 처음으로 세상을 살아갈 희망과 용기를 갖게 된 것이다. 책 마지막에 완득이는 이렇게 말한다.

"대단한 거 하나 없는 내 인생. 그렇게 대충 살면 되는 줄 알았다. 하지만 이제 거창하고 대단하지 않아도 좋다. 작은 하루가 모여 큰 하루가 된다. 평범하지만 단단하고 꽉 찬 하루하루를 꿰어 훗날 근사한 인생 목걸이로 완성할 것이다."

할 줄 아는 거라곤 주먹질밖에 없었던 완득이가 세상과 온몸

심리학, 열일곱 살을 부탁해

으로 부딪쳐 자신만의 길을 찾아가는 모습을 보며 가슴이 뭉클했다. 그리고 문득 완득이를 보며 내가 열일곱 살 아이들을 지나치게 걱정만 한 것은 아닌가 반성하게 되었다. 아이들은 그걸 바란 게 아니었을 텐데 말이다. 나는 왜 아이들이 알아서 자기 길을 잘 찾아갈 것이라고 믿고 기다려 주지 못했던 걸까?

정원을 가꾸려면 잡초를 없애고, 물도 주고, 주변 정리도 해야 하며, 햇볕을 가리는 것은 빨리 제거해서 햇볕을 잘 받을 수 있도록 해 줘야 한다. 그런 다음 꽃씨를 심어야 한다. 이때 꽃씨의 싹을 틔우는 일만큼은 온전히 꽃씨의 몫이다. 10대와 상담하는 일도 정원을 가꾸는 일과 비슷하다. 다른 것들은 주변에서 다 해 줄 수 있지만 싹을 틔우는 것은 온전히 10대의 몫이다.

정화는 그해 검정고시를 봐서 대학교에 들어갔다. 그리고 지금 어떻게 살고 있느냐고? '대학에 가서 방황 따윈 없었던 일처럼 아주 잘살았답니다!'라는 식으로 삶이 흘러가진 않았다. 전공이 맞지 않아 방황하기도 했고, 나쁜 남자를 만나 어린 나이에 결혼을 하며 크게 고생하기도 했다. 수많은 시행착오를 겪긴 했지만 30대가 된 지금은 자신이 하고 싶은 일을 찾아 행복하게, 열정적으로 자신만의 삶을 꾸려 나가고 있다. 그렇게 방황하던 10대 시절, 다시는 얼굴을 보지 않을 것처럼 갈등했던 아버지의 사업을 도우며 가장 든든하고 자랑스러운 딸로 살고 있다.

마음의 병으로 몹시 아파하는 아이들을 만날 때마다 항상 정화를 떠올린다. 열일곱 살은 가슴 안에 저마다의 특별한 꽃씨를 품고 있다는 사실을 잊지 않으려 노력한다. 과연 그 꽃씨는 내일 어떤 꽃으로 피어날까? 누구도 넘볼 수 없는 화려한 꽃이 피어날까? 누군가에게 영감을 주는 신비한 꽃이 피어날까? 아니면 겉보기엔 수수하지만 주변을 향기로 가득 차게 하는 꽃이 피어날까? 열일곱 살을 마냥 걱정하기보다 내일을 어떻게 열어갈지 설레는 마음으로 지켜본다. 정화가 그랬듯, 완득이가 그랬듯 내가 전혀 상상도 못한 내일을 열 텐데 그게 무엇일지 너무 궁금하다. 그래서 나의 마지막 말은 이것이다.

"나는 그저 너의 내일이 기대될 뿐이야!"

심리학, 열일곱 살을 부탁해

초판 1쇄 발행 2024년 7월 24일

지은이 이정현

책임편집 오민정
디자인 weme design
마케팅 이주형
경영지원 홍성택, 강신우, 이윤재
제작 357 제작소

펴낸이 이정아
펴낸곳 ㈜서삼독
출판등록 2023년 10월 25일 제2023-000261호
주소 서울시 마포구 월드컵북로 361, 14층
이메일 info@seosamdok.kr

ⓒ 이정현

ISBN 979-11-93904-07-7 (03180)

서삼독은 작가분들의 소중한 원고를 기다립니다. 주제, 분야 제한 없이 문을 두드려주세요.
info@seosamdok.kr로 보내주시면 성실히 검토한 후 연락드리겠습니다.